Il grande libro delle Fate e delle Principesse

DAMI EDITORE

Indice

Cenerentola 5

L'oca d'oro 14

La figlia del bosco 18

Il mare delle perle 23

Biancaneve 26

La principessa sul pisello 34

La vendetta dell'anello 36

La vecchia del bosco 39

La Sirenetta 42

I dodici cacciatori 52

La bella e la bestia 56

I cigni selvatici 62

Il pettigiallo...69

Rumpelstiltskin...71

Pollicina...79

Il principe e la principessa...84

La lampada di Aladino..94

La bella addormentata nel bosco...............................104

Il principe rospo..118

Pinocchio..124

Il gatto con gli stivali..134

Cenerentola

C'era una volta una bellissima fanciulla dal carattere dolce, il cui padre, rimasto vedovo, si era risposato. Purtroppo queste seconde nozze segnarono per la ragazza l'inizio di una vita dura e piena di umiliazioni.

La matrigna aveva già due figlie e per la nuova arrivata non ci furono né affetto né gentilezze. Ogni premura era riservata alle due sorellastre, mentre la povera fanciulla era obbligata a compiere nella casa i lavori più umili. Un giorno la matrigna licenziò la domestica che la serviva da tanti anni e, chiamata la ragazza, le disse: "Da oggi sarai tu la nuova serva!". Da quel giorno fu chiamata Cenerentola perché, terminate le faticose faccende di casa, si rannicchiava spesso in mezzo alla cenere, che era diventato il suo rifugio preferito, in un angolo del caminetto. Solo il gatto le voleva bene e Cenerentola lo accarezzava a lungo, sognando…
Benché profumi e bei vestiti non mancassero alle due sorellastre, Cenerentola, pur vestita di stracci, era molto più bella di loro e l'invidia per questa bellezza non faceva che aumentare l'odio della matrigna.

Un giorno arrivò da corte un invito per una festa.
In onore del figlio del re era stato organizzato
un gran ballo a cui dovevano partecipare tutte
le ragazze in età da marito. Subito la matrigna si
diede un gran da fare per procurare alle due figlie,
goffe e sgraziate, abiti ricchi ed eleganti.
A Cenerentola fu affidato solo il compito di aiutare
le sorelle a pettinarsi e a vestirsi per la festa.
E, quando furono uscite, la ragazza rimase sola
e triste a piangere in compagnia del suo gatto.
A un tratto, dal fondo del camino, venne una
gran luce e nella cucina apparve una fata.
"Non temere, Cenerentola! Sono una fata
a cui il vento ha portato i tuoi sospiri. La tua
bontà mi ha colpito e farò in modo che

la tua bellezza e la tua dolcezza ti riservino una sorte migliore! Sono qui per farti partecipare alla festa!" disse la fata.
Stupita, la ragazza rispose: "… la festa?! Ma vestita di stracci come sono non mi faranno neanche entrare!".
La fata sorrise e poi le ordinò: "Corri in giardino e portami una zucca, presto!". Poi si rivolse al gatto: "E tu procurami subito sette topolini!". Alla fine la fata guardò Cenerentola e le disse dolcemente: "Abbi fiducia in me…".
Il gatto era già scappato in cantina per catturare i sette topolini. Poco dopo infatti consegnò alla fata sette sorci tremanti di paura.
Quando Cenerentola tornò portando a fatica una grossa zucca gialla, la fata alzò la bacchetta magica e… Zac! In un lampo la zucca si trasformò in una bellissima carrozza dorata. Poi fu la volta dei sette topolini, che diventarono

sei magnifici cavalli bianchi guidati da un cocchiere dalla lunga frusta, vestito in alta uniforme. Cenerentola, stupita e spaventata nel vedere il prodigio, guardò la fata. Ma già la straordinaria bacchetta era sopra di lei…
"E adesso tocca a te!" esclamò la fata.
Di colpo la fanciulla si trovò vestita da un abito meraviglioso fatto di sete preziose tessute con fili d'oro e d'argento, adornato da perle, pizzi e merletti. Cenerentola era stupefatta e non poteva credere ai suoi occhi.
Infine la fata disse: "E queste per i tuoi piedini!". Un paio di scintillanti scarpine di cristallo apparvero all'improvviso, completando l'opera.
La fata guardò compiaciuta la bellissima fanciulla e le carezzò una gota dicendole: "Quando ti presenterai a corte, il principe non potrà evitare di rimanere incantato dalla tua bellezza. Balla pure con lui se ti inviterà, ma ricordati che il mio incantesimo scadrà a mezzanotte in punto: i cavalli e il cocchiere torneranno a essere topolini, la carrozza tornerà zucca… e anche tu ti troverai di nuovo vestita di stracci! Quindi devi promettermi di lasciare la festa prima di quell'ora! Hai capito?".
Cenerentola, emozionata, ricacciò indietro una lacrima e sorrise: "Grazie! Grazie! Tornerò senz'altro per mezzanotte! Lo prometto!".
Quando Cenerentola giunse al palazzo reale ed entrò nella grande sala in cui si svolgeva il ballo, tutti smisero di parlare per ammirare la sua eleganza, la sua bellezza e la sua grazia.

"Chi sarà?" si chiedevano tutti. E se lo chiesero anche le sorellastre, che mai e poi mai avrebbero riconosciuto, in quella splendida fanciulla, la povera Cenerentola! Anche il principe, non appena la vide, restò incantato: andò da lei, si inchinò con grazia e la invitò a ballare.
Con grande disappunto delle altre ragazze presenti, il giovane ballò con lei tutta la sera. Le delicate scarpette di cristallo scivolavano lievi nella danza. Più volte il principe le chiese chi fosse, insistendo per sapere almeno il suo nome; ma Cenerentola, continuando a volteggiare tra le braccia del giovane, rispondeva sempre: "È inutile che vi dica chi sono, perché dopo questa sera non ci vedremo più!".
Ma il principe ogni volta scuoteva la testa: "Oh, no! Ci rivedremo certamente!".
Cenerentola era così felice e si divertiva tanto che finì per dimeticarsi la raccomandazione della fata.

A un tratto udì il rintocco d'una campana: era arrivata mezzanotte!
Solo allora la fanciulla si ricordò di ciò che la fata le aveva detto!
Salutò in fretta il principe, che voleva a tutti i costi trattenerla e si precipitò giù per le scale. Via, via! Fuori dal palazzo prima che la mezzanotte sia trascorsa! Nella concitazione della fuga però Cenerentola perse una scarpina. Il principe, superato lo stupore iniziale, aveva cercato di inseguire la fanciulla, ma non era riuscito a raggiungerla.

Sulle scale trovò la scarpina e subito ordinò ai suoi uomini: "Andate e cercate dappertutto la giovane che la calzava! Non avrò pace finché non l'avrò ritrovata!". Fu così che, il giorno seguente, i messi del re iniziarono la ricerca casa per casa. Ma nessuna damigella calzava bene la scarpetta.
Giunti alla casa di Cenerentola, provarono la scarpetta anche le sorellastre: ma i piedi delle due ragazze si rivelarono subito troppo grandi. Uno dei due messi, però, colpito dalla bellezza di Cenerentola, disse: "Provala anche tu!".
"Veramente io…" provò a dire la fanciulla, imbarazzata…

Ma già il suo piedino era infilato nella scarpina, che calzava perfettamente.
La matrigna, al colmo dell'indignazione, esclamò: "Come potete pensare che Cenerentola, così sporca e in disordine, sia quella che cercate?".
Ma ecco apparire ancora la fata che, con la bacchetta magica, fece di nuovo il prodigio: la ragazza si trovò vestita di uno splendido abito e subito le sorellastre e i messi riconobbero la misteriosa damigella della sera prima.
L'ordine del principe era di portare al castello la fanciulla che avesse calzato perfettamente la scarpina di cristallo. E così fu fatto.
"Adesso sarete obbligata a dirmi il vostro nome perché sto per chiedervi in moglie!" disse il giovane nell'accogliere Cenerentola.
Non vista, la fata sorrise e sussurrò:
"Adesso, Cenerentola, sarai felice per sempre!".

L'oca d'oro

C'era una volta un boscaiolo di nome Taddeo, che sembrava un po' tonto, ma che era di animo gentile. Mandato dal padre a tagliare gli alberi di un bosco molto lontano, si accorse che le piante erano di una specie a lui sconosciuta e che la sua ascia riusciva a tagliare il loro tronco durissimo con grande fatica. Sudato per gli inutili sforzi, si sedette ai piedi di un albero per mangiare, quando da dietro un cespuglio, un buffo ometto dalla barba bianca gli chiese un po' di cibo. Taddeo, gentile, divise con lui pane e formaggio e insieme finirono allegramente anche il vino.
"Fra tutti coloro che hanno cercato di tagliare questi alberi, sei il solo a essere stato buono con me!" disse l'ometto.

"Meriti una ricompensa! Taglia quell'albero al centro del bosco e vedrai che tutti gli altri cadranno da soli. E guarda fra le radici, perché troverai un regalo per te! Sappi che io sono il Mago del Bosco!" e, così dicendo, sparì. Senza stupirsi, Taddeo fece come aveva detto l'ometto e in un baleno finì il suo lavoro, mentre dalle radici dell'albero che il Mago aveva indicato comparve un'oca dalle piume d'oro. Il boscaiolo se la mise tranquillamente sotto il braccio e si avviò verso casa. Ma sbagliò strada e a notte fonda capitò in un villaggio che non conosceva. Entrò così in un'osteria ancora aperta.
"Da mangiare per me e per quest'oca, regalo del Mago del Bosco!" ordinò Taddeo alla figlia dell'oste.
"Una a me, una a te!" diceva poco dopo dividendo la zuppa con l'oca. Anche le altre due figlie erano venute a vedere lo strano spettacolo, finché tutte e tre si azzardarono a chiedere: "Ma perché tanti riguardi per un'oca?".
"È un'oca d'oro e magica e vale una fortuna! Anzi, stanotte dormirò qui e voglio una stanza sicura. Non vorrei essere derubato!"
Ma durante la notte una delle tre sorelle fu convinta dalle altre a strappare all'oca almeno una piuma. "Se è magica, anche una sola piuma avrà valore!" Ma appena la sua mano toccò la coda dell'oca, vi rimase appiccicata e, per quanti sforzi facesse, non riusciva a staccarla. Chiamò allora le sorelle, che per cercare di liberarla si trovarono a loro volta appiccicate l'una all'altra.

Quando Taddeo si svegliò, non si meravigliò nel vedere le tre sorelle confuse e vergognose per essere fra di loro attaccate all'oca.
"Come faremo adesso a liberarci?" piagnucolarono rivolte al boscaiolo.
Taddeo, senza scomporsi, replicò: "Io devo andarmene con la mia oca, se voi ci siete attaccate, peggio per voi, mi dovrete venire dietro!".
Quando l'oste si vide passare davanti lo strano corteo, urlò: "Che cosa state facendo?" e cercò di agguantare l'ultima delle figlie per un braccio.
Non l'avesse mai fatto! Si trovò anch'egli a far parte dell'insolita processione. E lo stesso capitò dopo un po' a una comare curiosa e più tardi al grasso curato del paese. Poi fu la volta del fornaio che appoggiò la mano sulla spalla del curato che passava di corsa, e infine una guardia, che cercava di fermare tutti, formò l'ultimo anello dell'incredibile catena. Al passaggio di Taddeo e del suo seguito, tutti ridevano e le strade si riempirono di folla schiamazzante. Vicino al villaggio c'era il castello del re. Era un re molto potente e ricco, ma aveva un grosso dispiacere: la sua unica figlia soffriva di una strana malattia che i medici non riuscivano a curare e che la rendeva sempre triste. Il sovrano aveva perfino emanato un bando: chi l'avesse fatta ridere, l'avrebbe sposata. Ma niente e nessuno aveva potuto portare il sorriso sulle labbra della fanciulla.
Quel giorno la carrozza della principessa passò nella piazza del villaggio mentre Taddeo, con l'oca in braccio, arrivava impassibile con il suo seguito forzato. Nel sentire il clamore della folla che rideva, sollevò la tendina e, vedendo lo strano spettacolo, scoppiò in un'allegra risata.
Tutti si stupirono nel sentir ridere per la prima volta la principessa, che scese dalla carrozza per vedere da vicino l'oca d'oro di Taddeo, e vi rimase appiccicata. Vociando e ridendo si avviarono tutti verso il castello, seguiti da una gran folla. Il re, vedendo la figlia che continuava a ridere, non credeva ai suoi occhi: "È un miracolo! È un miracolo!".
Dopo tanto ridere ci si rese conto però che la situazione diventava insostenibile. Si fece avanti un ometto dal gran cappello a cono e dalla barba bianca che, dopo aver schioccato le dita tre volte, sciolse la catena.
Taddeo stava per ringraziare il Mago del Bosco, perché di lui si trattava, ma questi era di nuovo sparito.
Fu così che Taddeo, semplice e ingenuo boscaiolo, per un gesto gentile si trovò sposato alla figlia di un re!

La figlia del bosco

C'era una volta uno zar che aveva tre figli. Quando furono cresciuti, lo zar decise che era giunto il momento che si sposassero. Li chiamò e, dopo averli portati sotto le mura della reggia, disse: "Ognuno di voi prenda il suo arco e lanci una freccia oltre questo muro. Dove cadrà la freccia, lì troverete la vostra sposa". I tre figli rimasero un po' stupiti ma, conoscendo il carattere autoritario del padre, eseguirono l'ordine.

Il maggiore puntò l'arco a destra e la freccia cadde nel giardino in cui in quel momento si trovava la figlia di un ricco commerciante. Il secondo mirò a sinistra e la freccia cadde davanti alla finestra della figlia di un valoroso generale.

Boris, il più giovane, che tutti reputavano il miglior arciere del regno, esitò a lungo prima di scegliere la direzione. Poi finalmente alzò l'arco e lo tese con forza. Era convinto di non aver mai lanciato una freccia così lontano. Uscito dalle mura, cominciò a cercare il punto in cui era caduta la freccia. Ma invano.

Finché gli venne in mente
che forse la freccia era caduta
in un bosco molto fitto vicino alla
reggia nel quale nessuno si era mai inoltrato.
Con grande fatica si fece largo fra il groviglio
di piante, finché sbucò in una piccola radura e lì vide
la sua freccia conficcata nel terreno.
All'improvviso si fermò stupito: seduta davanti a un ruscello,
vestita di stracci, una bellissima fanciulla lo fissava.
Confuso, Boris la salutò: "Buongiorno! Come ti chiami?".
La giovane lo guardò sorridendo e gli rispose con una voce dolcissima,
pronunciando suoni senza senso. Boris si accorse allora con sgomento che
la fanciulla riusciva a capire, sia pure con fatica, ma non sapeva parlare.
La freccia, ancora conficcata nel terreno, ricordò a Boris la promessa fatta
al padre. Senza dubbio la ragazza che gli stava davanti doveva diventare la sua
sposa. Eppure Boris non ne era dispiaciuto, nonostante questa incredibile
situazione. Se il destino lo obbligava a sposarla, lo avrebbe fatto volentieri.
Accarezzò i capelli biondi della sconosciuta e poi le prese la mano dicendole:

"Sono il principe Boris, figlio dello zar. Vedi quella freccia? L'ho tirata io poco fa, sapendo che nel punto in cui cadeva avrei trovato la mia futura moglie. La sorte adesso ci impone di sposarci. Ma io ne sarò felice e tu?".
Con gli occhi pieni di gioia e un sorriso allegro, la fanciulla annuì.
Le nozze dei tre fratelli furono celebrate quasi subito.
Poi ogni coppia andò ad abitare in un'ala diversa del palazzo.
Nei mesi che seguirono, mentre i suoi fratelli partecipavano con le mogli alla vita di corte, Boris invece viveva appartato. Era molto innamorato di sua moglie e cercava di apparire il meno possibile in pubblico per evitarle l'imbarazzo di non saper parlare.
Lo zar si era pentito di aver scelto questo strano modo di maritare i figli. Capiva che Boris, per obbedirgli, aveva sposato una donna che tutti schernivano. L'isolamento in cui viveva il figlio lo addolorava. Alcuni cortigiani avevano addirittura osato consigliargli di allontanare dal palazzo la moglie di suo figlio.

Dal giorno delle nozze lo zar non l'aveva più vista, finché un pomeriggio incontrò la fanciulla mentre passeggiava nei giardini della reggia. Lei si inchinò profondamente e, quando alzò gli occhi melanconici, lo zar vide che erano pieni di lacrime.
Il vecchio allora tese la mano per aiutarla a rialzarsi e le disse: "Domani sera sarai invitata al ballo di corte, io ti offrirò il mio braccio e apriremo le danze".
La sera del ballo tutta la corte aspettava curiosa l'arrivo della principessa. Quando fece la sua entrata, tutti ammutolirono: splendida nel suo lungo abito di seta color argento, sui lunghi capelli biondi un diadema di perle, la giovane si inchinò con grazia davanti allo zar.
Questi le prese la mano e, come promesso, le disse: "Puoi concedermi questo ballo?".
"Certo, Maestà!" rispose con voce dolcissima la principessa. Sia lo zar che i cortigiani si sorpresero. Era stata proprio lei a parlare? Un brusio di voci si sparse per la sala, poi la principessa riprese a parlare e tutti si zittirono.

"Sono felice di essere qui insieme a voi per la prima volta!" disse allo zar.
Un applauso si levò e tutti cominciarono a commentare eccitati, bisbigliando fra loro: "La principessa parla!".
Lo zar, al colmo dell'emozione, stava abbracciando Boris che gli sussurrava: "Ti abbiamo fatto una grande sorpresa, vero? Ogni sera da mesi, con pazienza, le insegnavo a parlare. Forse il tuo invito le ha tolto la paura che per tanti anni bloccava la sua voce".
Il padre, felice, abbracciò di nuovo il figlio: "Perché prima non parlava?".
"È una triste storia," rispose il figlio "che solo adesso sono riuscito a farmi raccontare completamente. Quando era ancora una bambina, il padre, un uomo molto ricco, morì. Lo zio, suo tutore, la fece portare in quel fitto bosco dove l'ho trovata per impossessarsi dei suoi beni. Ogni mese due armigeri le portavano del cibo ricordandole che se avesse osato uscire dal bosco lo zio l'avrebbe uccisa. Questi anni di solitudine, pieni di terrore, le avevano tolto la facoltà di parlare".
Nei giorni che seguirono, lo zar riflettè a lungo, finché alla prima riunione del Consiglio del Regno annunciò: "Sarà Boris il mio successore, perché ho avuto la prova di quanta pazienza e saggezza sia stato capace nell'amare sua moglie. E poiché per governare bisogna soprattutto amare il proprio popolo, sono sicuro che sarà lo zar adatto per voi!".

Il mare delle perle

Il suo specchio magico si era rotto e la fata Ortica era alla ricerca di una nuova lastra di vetro. Gli specchi delle fate non sono proprio di vetro, ma di ghiaccio; di un ghiaccio speciale raro da trovare, perché occorre un'acqua purissima, la più trasparente che esista. Continuava a girare e a cercare dappertutto, ma a un certo punto si fermò di scatto e pensò: "Forse dovrei farmi coraggio e arrivare al Mare delle Perle… Lì troverò di sicuro ciò che cerco e potrò salutare anche mio padre. È passato così tanto tempo…".
Dovete infatti sapere che Ortica, che era una fata bruttina e molto dispettosa, non era sempre stata così… anzi! Ciò che è più importante è che non era sempre stata una fata! Proprio così! C'è chi nasce fata e chi lo diventa: Ortica lo era diventata! Prima era stata in realtà una bellissima sirena, nata nelle profondità del Mare delle Perle, figlia del grande Re dei Mari.
Era stata una dolcissima bambina, amata da tutta la corte marina, ma col tempo iniziò a sentirsi insoddisfatta della vita di corte.
Balli, cortei, lezioni di canto e concerti la annoiavano.
"Ma tesoro, devi essere grata per la tua fortuna! Sai quante sirene vorrebbero essere principesse? Qui al castello hai già tutto ciò che una sirena della tua età può desiderare" le ripeteva il padre.
Ma la bella Ortica proprio non ne voleva sapere! Non le importava essere la principessa del mare: non ci trovava nulla di divertente!
E così un giorno decise: "Voglio diventare una fata! Andrò dalla Grande Fata e le chiederò cosa devo fare! La magia sarà più divertente della vita di corte! Studierò e imparerò ciò che serve… Ce la farò!".

Il re fece di tutto per impedire alla figlia di partire.
Ma Ortica aveva scelto la sua strada e nulla l'avrebbe fermata; così un giorno partì di nascosto, lasciando per sempre il Mare delle Perle.
Di certo era assai testarda e infatti non si fece scoraggiare neppure dalle parole della Grande Fata, che le disse: "Se vuoi diventare una fata, devi rinunciare per sempre a qualcosa di tuo, che d'ora in poi apparterrà solo alla tua vita da sirena. Mi dispiace, Ortica, ma dovrai fare a meno della tua bellezza…".
"Meglio brutta ma allegra, che bella ma annoiata!" rispose tranquilla Ortica.
E da quel giorno iniziò la sua vita da fata dispettosa. Il suo nuovo aspetto non le interessava: ora era contenta e aveva tante amiche e solo questo contava!
Ma quel giorno, mentre cercava la lastra di ghiaccio per il suo specchio, non poté non pensare al suo vecchio regno, dove di sicuro l'acqua limpida non mancava. E così, giunta ormai al mare, si tuffò in acqua, riprendendo, dopo tanto tempo, l'aspetto leggiadro di un tempo.
Quando il vecchio padre la vide, le nuotò incontro gridando: "Sei tornata! Che bello! Ero sicuro che non avresti resistito a lungo nei panni di una fata!".
"Anch'io sono felice di rivederti, ma sono qui solo per un saluto. Su, dimmi come va la vita del regno… Presto tornerò in superficie!" rispose Ortica.
"Ma perché non resti? Se rimani, potrai avere tutto ciò che desideri…"
"Io ho già tutto ciò che desidero: gli amici, il divertimento, le risate, la magia! La mia vita da fata è felice! E non ci rinuncerei per nulla al mondo!"
Poi abbracciò forte il padre e se ne andò via, fiera di essere bruttina, ma felice!

Biancaneve

C'era una volta, in un grande castello, la figlia
di un re, che cresceva felice, nonostante la matrigna
fosse gelosa di lei. La fanciulla era molto bella,
azzurri gli occhi e neri i lunghi capelli.
Aveva una carnagione bianca e delicata e per questo
era chiamata Biancaneve.
Tutti pensavano che sarebbe diventata bellissima.
La matrigna, anche se perfida e invidiosa, era a sua volta
molto bella e uno specchio magico, che ogni giorno lei
interrogava, lo confermava.
Alla domanda: "Specchio, specchio delle mie brame, chi è la più bella
del reame?" invariabilmente rispondeva: "Tu, mia regina!".
Ma un brutto giorno la matrigna si sentì rispondere:
"La più bella del reame è Biancaneve!".
La donna andò su tutte le furie e, fuori di sé
dalla gelosia, pensò a come liberarsi dalla rivale.
Chiamò un servo fidato e, con la promessa
di una generosa ricompensa, lo convinse
a portare Biancaneve lontano dal castello,
nella foresta. Qui, non visto, avrebbe
dovuto ucciderla. Il servo avido, attratto
dal premio, accettò e portò con sé
la povera fanciulla ignara di tutto.
Ma una volta giunto dove doveva
compiere il delitto, non ne ebbe
il coraggio e, lasciando Biancaneve
seduta vicino a un albero,
si allontanò con una scusa.

Biancaneve rimase sola. Venne la notte e il servo non tornava.
Biancaneve cominciò a piangere disperata, sola com'era in mezzo al buio della foresta. Le sembrava che da ogni parte occhi terribili la spiassero, sentiva intorno a sé fruscii e rumori che la riempivano di paura.
Alla fine, vinta dalla stanchezza, si addormentò rannicchiata sotto un albero. Dormì di un sonno agitato, svegliandosi di tanto in tanto di soprassalto per guardare con gli occhi sbarrati il buio che la circondava.
Finalmente l'alba svegliò la foresta come ogni giorno col canto degli uccelli e anche Biancaneve si destò. Tutto un mondo si risvegliava alla vita e la fanciulla, felice, si accorse di quanto fossero state irragionevoli le sue paure. Intorno a lei però gli alberi fitti sembravano un muro impenetrabile.
La ragazza, che cercava di orientarsi, trovò per caso un sentiero e si mise a seguirlo piena di speranza. Cammina cammina, sbucò in una radura dove c'era una strana casetta: piccola la porta, piccole le finestre, piccolo il camino. Insomma tutto sembrava più piccolo del solito.

Biancaneve, chinandosi, spinse la porta
ed entrò. "Chissà chi ci abita? Oh! Come
sono piccoli questi piatti! E anche questi
cucchiai! Devono essere in sette, perché vedo che il tavolo è apparecchiato
per sette!" si disse curiosando in cucina.
Al piano superiore trovò una stanza con sette letti tutti ordinati. Scesa in cucina,
Biancaneve ebbe un'idea. "Preparerò qualcosa da mangiare, così quando
torneranno saranno contenti di trovare una cenetta calda pronta ad aspettarli!"
Verso l'imbrunire, sette piccoli ometti tornarono cantando alla casetta.
Ma quando aprirono la porta, videro stupefatti una zuppa fumante pronta
sul loro tavolo e la casa tutta pulita e rassettata.

Salirono al piano di sopra e, rannicchiata su un lettino, trovarono Biancaneve addormentata. Quello che sembrava il loro capo la toccò delicatamente. "Chi sei?" le chiese.
Biancaneve raccontò la sua triste storia e grossi lucciconi comparvero negli occhi dei sette nani finché, soffiandosi rumorosamente il naso, uno di loro propose anche a nome degli altri: "Resta con noi!".
"Evviva, evviva!" urlarono allora tutti e si misero a ballare felici intorno a Biancaneve. Il suono della fisarmonica e i canti dell'allegra compagnia richiamarono la curiosità degli abitanti del bosco e tutti gli animali diedero il benvenuto alla dolce fanciulla.

I nani avevano detto a Biancaneve: "Puoi vivere qui e occuparti della casa, mentre noi siamo nella miniera. Non devi più aver paura, noi ti vogliamo bene e ti proteggeremo dalla perfida matrigna!".
La fanciulla, commossa, accettò l'ospitalità e il giorno dopo i nani, come ogni mattina, si recarono al lavoro raccomandando a Biancaneve di non aprire a nessun estraneo.

Intanto il servo, che era tornato al castello, aveva portato alla matrigna il cuore di un cerbiatto, dicendo che era quello di Biancaneve per avere il premio. La donna, soddisfatta, aveva interrogato lo specchio, ma questo la deluse subito: "La più bella del reame è ancora Biancaneve che vive nella foresta, nella casetta dei sette nani!".

La matrigna si infuriò. "Deve morire a tutti i costi!" si mise a urlare e, dopo essersi travestita da vecchia contadina, avvelenò una bella mela rossa e la mise nel cestino, insieme a delle altre.

Poi, per raggiungere più in fretta la casetta, attraversò la palude che costeggiava la foresta e, non vista, arrivò proprio mentre Biancaneve salutava i nani che andavano in miniera.

Biancaneve era in cucina, quando sentì bussare. Toc! Toc!

"Chi è?" chiese sospettosa, ricordando le raccomandazioni dei nani.

"Sono una contadina e vendo mele!" si sentì rispondere.
"Non ho bisogno di mele, grazie!" ribatté a sua volta.
"Ma sono mele molto buone e dolci!" continuò la voce suadente dietro la porta.
"Non devo aprire a nessuno!" insistette la fanciulla, che non voleva disobbedire ai consigli dei suoi amici.
"Hai ragione! Se hai promesso di non aprire a estranei, è giusto che tu non compri niente. Sei proprio una brava ragazza! Anzi, per premiare la tua obbedienza ti regalerò una mela!"
Senza riflettere, Biancaneve socchiuse la porta per accettare il regalo.
"Ecco, tieni! Senti come sono buone queste mele!"
Biancaneve addentò il frutto ma, dopo il primo morso, cadde svenuta.
La matrigna, soddisfatta, si allontanò mentre la povera fanciulla diventava sempre più pallida. Ma un crudele destino attendeva la cattiva matrigna: nel riattraversare di corsa la palude, mise un piede in fallo e cadde nelle sabbie mobili. Nessuno accorse alle sue invocazioni di soccorso e lei scomparve senza lasciar traccia.
Intanto nella miniera il più vecchio dei nani aveva uno strano presentimento. Preoccupato senza sapere perché, uscì mentre il cielo si incupiva e forti tuoni risuonavano tra le valli.
"Sta arrivando un forte temporale! Forse Biancaneve avrà paura…" si disse e chiamò a gran voce gli altri. "Corriamo a casa! Corriamo da Biancaneve!"

Improvvisamente ebbero paura, ma non per i tuoni e i lampi che squarciavano il cielo nero. Qualcosa stringeva i loro cuori come un terribile presagio… Corsero più presto che potevano su per la montagna, ma quando arrivarono alla casetta trovarono Biancaneve ormai priva di vita. I nani non sapevano che cosa era successo, ma videro la mela morsa e capirono.
Piangendo disperati, vegliarono Biancaneve che avevano disteso su un tappeto di rose. Poi la portarono nel bosco e la chiusero in una bara di cristallo. Ogni giorno, tornando dal lavoro, le lasciavano un fiore.
Ma una sera trovarono uno straniero inginocchiato ad ammirare il viso bellissimo di Biancaneve.

Il principe, poiché di un principe si trattava, dopo aver ascoltato tutta la storia, suggerì: "Se mi permettete di portarla al castello, chiamerò i medici di corte per curarla e svegliarla da questo strano sonno. È così bella! Vorrei darle un bacio!".
Così dicendo, il ragazzo posò delicatamente le sue labbra sulla fronte di Biancaneve. Ma per incanto, il bacio del principe annullò il maleficio e, fra lo stupore di tutti, Biancaneve aprì gli occhi. La fanciulla era tornata alla vita!
Il principe innamorato chiese subito di poterla sposare e così, anche se a malincuore, i sette nani si separarono da lei.
Da allora Biancaneve visse felice in un grande castello e ogni volta che poteva andava nel bosco a trovare i suoi amici nani.

La principessa sul pisello

C'era una volta un principe che non riusciva a trovare moglie perché era di gusti molto difficili e nessuna delle nobili fanciulle che venivano in visita al castello gli piaceva. Cercava una sposa che, oltre a essere bella e di nobili origini, fosse anche la più delicata e la più sensibile delle dame.
Una sera, durante una terribile e improvvisa tempesta, qualcuno bussò con insistenza al portone del castello; il re ordinò a un servo di aprire e, sulla soglia illuminata dai lampi, sotto la pioggia battente, apparve una giovane donna.
"Sono una principessa e chiedo ospitalità per me e il mio paggio; la mia carrozza è rimasta bloccata e il cocchiere non potrà aggiustarla fino a domani".
Nel frattempo anche la madre del principe era accorsa per ricevere l'ospite, ma gli abiti bagnati e infangati della fanciulla non l'avevano convinta.
Pensò allora di accertarsi delle origini della giovane con uno stratagemma.
Nella camera per l'ospite fece preparare un letto molto morbido: al materasso fece aggiungere tanti leggerissimi piumini, ma sotto l'ultimo nascose un pisello.
Al mattino la regina chiese all'ospite: "Avete riposato bene? Era morbido il letto?".
La giovane rispose educatamente: "Era un letto morbidissimo, eppure c'era qualcosa di duro sotto il materasso che mi ha tenuta sveglia tutta la notte!".

La madre del principe si scusò per l'inconveniente e corse dal figlio.
"Finalmente una vera principessa! Pensa che si è accorta di un pisello
che avevo nascosto sotto tutti i piumini e il materasso! Solo una gran dama
dalla pelle delicata e sensibile poteva accorgersene" annunciò trionfante.
Finalmente il giovane principe aveva trovato la sposa che cercava!

La vendetta dell'anello

Alla fata Tulipana piacevano gli scherzi. Fu così che, visto uscire di casa Gnomo Mago con il cestino dei funghi sotto il braccio, fu presa da una voglia irresistibile: andare a curiosare nel Grande Libro degli Gnomi! Entrò dalla finestra sul retro della casa e… che meraviglia!
Alambicchi, ampolle per filtri magici, una grande sfera di cristallo, strani apparecchi, corna, fiori secchi, sacchetti pieni di polveri colorate e in fondo alla stanza, sul grande leggio di legno, finalmente il Grande Libro.
Con il cuore che le batteva forte (perché sapeva di fare una cosa proibita!) si mise a curiosare fra le vecchie pagine ingiallite. Lei era amica di Gnomo Mago da molto tempo e conosceva abbastanza bene la strana scrittura degli gnomi: per questo era sicura di riuscire a svelare facilmente i segreti del Grande Libro. Intanto, chiuso fra due pagine su cui c'era la formula che lo riguardava, trovò il famoso anello magico di Gnomo Mago. Lo mise da parte distrattamente continuando a sfogliare qua e là.
Tulipana, con il naso lungo e gli occhi piccoli, non era certo una bellezza, benché fosse molto vanitosa. Fu così che, arrivata al capitolo che parlava "… della bellezza e degli incantesimi per divenire più graziose" si mise a leggere.

"Questo fa proprio al caso mio!" si disse mentre ricopiava l'antica formula.

Per coloro che avessero lunghezza di naso eccessiva, si consiglia di immergerlo in una tazza piena della seguente pozione: procurarsi 33 ditali di pappa reale. Aggiungere una goccia di estratto di verbena e mescolare lentamente, versando pian piano un cucchiaino di succo di violetta.

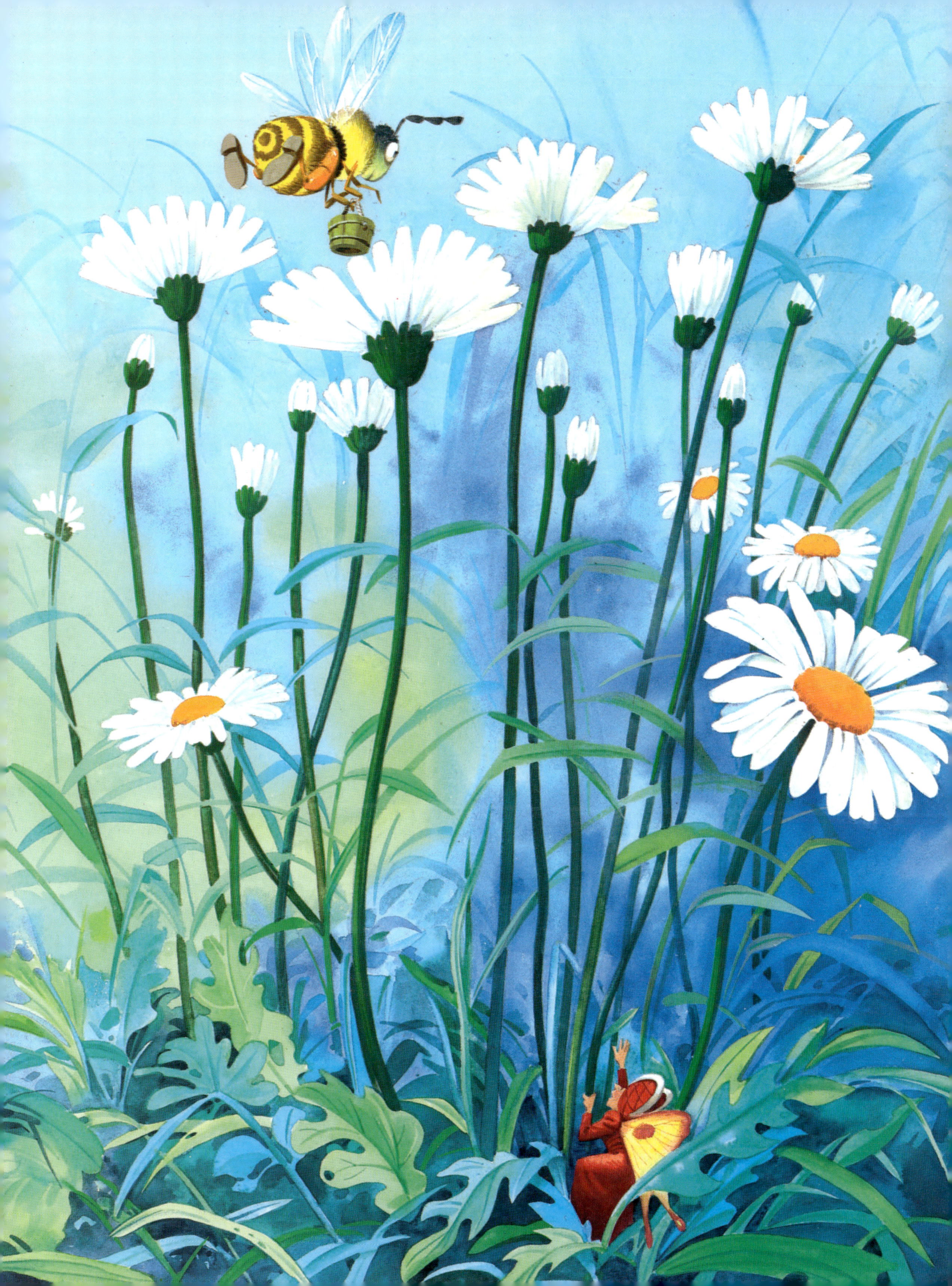

*Lasciare riposare per tre giorni in un recipiente
di rame. Procurarsi 100 uova di formica, latte di lumaca quanto basta, un pizzico
di zolfo. Triturare finemente il tutto e infine versarlo nel recipiente di rame.
Ecco il rimedio per ridurre la lunghezza del vostro naso!*

"Ci siamo!" si disse trionfante. "Non immaginavo che gli gnomi fossero tanto avanti nella conoscenza dei rimedi estetici: dal loro aspetto, non si direbbe!"
Ora c'era solo un problema: come procurarsi la pappa reale?
"Ho trovato!" si disse. "Forse l'anello magico mi può aiutare! Con quello mi renderò tanto piccola da poter entrare di nascosto nel favo…"
Ma certo Tulipana non poteva sapere che anche all'anello magico piaceva molto fare gli scherzi! Così, trovata la formula magica giusta, la recitò, ma l'anello le scivolò dalle mani e continuò la formula da solo! Subito la fata diventò tanto piccola da passare facilmente attraverso la fessura sotto la porta.
Quando si ritrovò nel bosco, fiori e foglie le sembrarono un'immensa foresta.
"Com'è difficile camminare quando si è piccoli!" pensò.
Dopo un po' però, vedendo che, stranamente, tutto quello che la circondava continuava a diventare sempre più grande, cominciò a preoccuparsi.
"Oh, che cosa succede? Il gambo di quella margherita era più piccolo prima!"
Poi capì: era lei che stava diventando sempre più piccola, sempre più piccola, sempre più piccola… L'azione dell'anello magico stava continuando!
Nel frattempo Gnomo Mago, tornato a casa, trovò per terra l'anello magico, che sghignazzava come un matto.
"Che cosa hai combinato questa volta, briccone? Avrei giurato di averti lasciato al tuo posto fra le pagine" borbottò dubbioso. "Mmm, dev'essere passato qualcuno a sbirciare nel Gran Libro…"
In quel momento sentì una lieve vocina che lo chiamava: era l'ormai minuscola Tulipana che si sbracciava e urlava per farsi notare. Allora Gnomo Mago capì tutto: annullò subito la magia dell'anello e sgridò la fata… che da quel giorno non si lamentò più per il suo naso lungo!

La vecchia del bosco

C'era una volta una fanciulla bella e coraggiosa.
Un giorno, mentre attraversava un bosco, la sua carrozza fu assalita dai briganti. La giovane riuscì a fuggire e si mise a correre in cerca di un sentiero che la riportasse a casa.
Ben presto si accorse di essersi perduta; quando scese la sera, infreddolita e affamata, si sedette ai piedi di una pianta, pregando che qualcuno venisse ad aiutarla.
Dopo un po', un colombo dalle piume candide venne a posarsi vicino a lei. Aveva nel becco una piccola chiave d'oro.
"Vedi quel grande albero laggiù?" le disse.
"Nel tronco troverai una piccola porta. Apri la serratura con questa chiave: troverai del buon cibo".
La fanciulla seguì il consiglio del colombo e, aprendo la porticina, trovò una buona minestra, dei croccanti biscotti e una tazza di latte fumante.
Dopo mangiato, le venne sonno.
"Come potrò dormire, qui, nel bosco umido e freddo?" si domandò.
Allora giunse di nuovo il colombo bianco e le indicò un altro albero.
Aperta la seconda porticina, trovò un lettino caldo e morbido.

Si addormentò e si svegliò quando il sole era già alto.
Ancora una volta le volò accanto il colombo bianco.
"Apri la porticina laggiù in quel tronco: troverai un bel vestito nuovo. Indossalo e io ti dirò come potrai ringraziarmi" disse.
Nel tronco della terza pianta c'era un vestito di seta, decorato con splendide pietre preziose: neanche le principesse ne avevano di simili!
Quando si fu vestita, il colombo le chiese di seguirlo nel bosco.

"Vedi quella casetta?" chiese a un tratto. "Lì vive una strega. Entra senza bussare e prendi la piccola chiave di ferro che troverai sul tavolo, in mezzo a tanti oggetti preziosi. Stai attenta alla strega e, soprattutto, non parlarle mai!"
La fanciulla si fece coraggio e spalancò la porta della casetta.
"Chi sei? Che cosa fai qui?" chiese un'orribile vecchia. La giovane non rispose e si avvicinò al tavolo, sul quale trovò un mucchio di gioielli, monete d'oro e oggetti preziosi… ma nessuna chiave di ferro! Stava per rinunciare quando vide che la vecchia strega, di nascosto, aveva afferrato una gabbietta con un uccello e cercava di nasconderla. L'uccello aveva nel becco una piccola chiave di ferro!
Allora strappò la gabbia dalle mani della strega e scappò via nel bosco, in cerca del colombo bianco. 

40

Camminò e camminò finché, stanchissima,
si addormentò appoggiata a un albero.
Dormì e sognò che due braccia forti
la avvolgevano, scaldandola e proteggendola.
Il tronco della grande pianta si incurvava
intorno a lei e i rami si piegavano per
circondarla.
Aprì gli occhi e vide che i rami si stavano
trasformando in braccia, le radici in gambe
e tutto l'albero in un bellissimo giovane
che l'abbracciava e la baciava con tenerezza.
"Grazie! Mi hai liberato dal sortilegio
della vecchia strega, che ha trasformato me
e i miei fratelli in alberi. Solo io, per qualche
ora al giorno, potevo prendere le sembianze
di un colombo bianco. Finché la piccola chiave
di ferro era in mano alla vecchia, l'incantesimo
non poteva spezzarsi!" spiegò il giovane gentile.
Anche i fratelli vennero liberati e tutti insieme si incamminarono verso
il castello del re, per celebrare le nozze del principe con la fanciulla coraggiosa!

La Sirenetta

C'era una volta, sul fondo del più azzurro degli oceani, un meraviglioso palazzo in cui abitava il Re del Mare. Viveva in questa splendida dimora fatta di coralli variopinti e conchiglie preziose insieme alle figlie, cinque bellissime sirene. Sirenetta, la più giovane, oltre a essere la più bella, aveva anche una voce bellissima; quando cantava accompagnandosi con l'arpa, i pesci accorrevano da ogni parte per ascoltarla, le conchiglie si aprivano mostrando le loro perle e anche le meduse smettevano di fluttuare. La piccola sirena cantava spesso e ogni volta cercava in alto con lo sguardo la debole luce del sole che filtrava a malapena attraverso l'acqua profonda.
"Oh, come vorrei salire lassù per vedere finalmente il cielo che tutti dicono così bello, per sentire la voce degli uomini e il profumo dei fiori!" diceva.
"Sei ancora troppo giovane!" rispondeva la madre. "Fra qualche anno, quando avrai quindici anni, allora il re ti darà il permesso di salire lassù, come ha fatto con le tue sorelle!"
Sirenetta continuava così a sognare e a desiderare il mondo degli uomini attraverso i racconti delle sorelle e, tutte le volte che tornavano dalla superficie, le interrogava a lungo per soddisfare la sua insaziabile curiosità. Nel frattempo, aspettando il momento in cui sarebbe potuta salire a conoscere quell'universo sconosciuto, passava il tempo a occuparsi del suo meraviglioso giardino fatto di piante marine e a giocare con i cavallucci marini e con i delfini.

Finalmente arrivò il compleanno tanto atteso: il padre la chiamò e infilò nei suoi lunghi capelli biondi un bellissimo fiore scolpito nell'ambra.
"Ecco, adesso puoi salire! Respirerai aria e vedrai il cielo, ricordati però che quello non è il nostro mondo! Noi possiamo solo affacciarci ad ammirarlo! Siamo figli del mare e non abbiamo anima come gli uomini. Sii prudente e non avvicinarti mai a loro, perché ti porterebbero solo dolore e sfortuna!"
Appena il padre ebbe finito di parlare, Sirenetta gli diede un bacio e guizzò verso l'alto, scivolando leggera tra le onde. Con la coda flessuosa, nuotava così velocemente che neanche i pesci riuscivano a starle dietro.
D'un tratto emerse dall'acqua: che incanto!
Per la prima volta vedeva il cielo azzurro su cui, poiché era l'imbrunire, già si affacciava lo scintillio delle prime stelle. Il sole, già calato all'orizzonte, aveva lasciato sulle onde un riflesso dorato che si spegneva lentamente.
Un volo di gabbiani salutò l'arrivo della piccola sirena con uno stridio gioioso.
"È tutto così bello!" esclamò felice, battendo le mani.
Ma il suo stupore e la sua meraviglia aumentarono quando vide una nave avvicinarsi allo scoglio su cui si era seduta. I marinai gettarono l'ancora e la nave rimase ferma a dondolare sul mare calmo.

Sirenetta guardava gli uomini a bordo accendere le lanterne per la notte. Sentiva bene le loro voci e pensava: "Oh, come mi piacerebbe parlare con loro!". Ma poi guardò sconsolata la lunga pinna flessuosa che aveva al posto delle gambe e pensò: "Non potrò mai essere come loro!".
Sembrava che a bordo ci fosse gran fermento e di lì a poco il cielo fu pieno di sprazzi di luci multicolori e la notte risuonò dei botti dei fuochi d'artificio. "Evviva il nostro capitano! Evviva i suoi vent'anni! Evviva!" gridavano tutti. La piccola sirena, emozionata, si avvicinò alla nave finché non scorse sul ponte dell'imbarcazione il giovane cui erano rivolti tutti quei festeggiamenti. Alto, bruno, dal portamento regale, sorrideva felice e Sirenetta non riusciva a staccare gli occhi da lui: seguiva rapita ogni sua mossa, mentre una strana sensazione, che sembrava un misto di gioia e sofferenza, che non ricordava di aver mai provato, le stringeva il cuore.
La festa continuava anche se il mare non era più calmo come prima.
A un certo punto, Sirenetta si rese conto del pericolo che correva l'equipaggio della nave. Un vento gelido spazzò le onde, il cielo divenne nero come l'inchiostro, lampi minacciosi illuminavano a tratti l'acqua e infine si scatenò una terribile burrasca, che colse la nave impreparata.

Invano Sirenetta gridò a lungo: "Attenti! Attenti! Il mare…".
Ma i suoi richiami, coperti dal rumore del vento, non furono sentiti e le onde sempre più alte squassarono la nave. Subito si sentirono le urla disperate dei marinai e si videro gli alberi e le vele spezzarsi e cadere sul ponte.
Infine, con un sinistro fragore, la nave si inabissò tra i flutti del mare.
Sirenetta vide all'improvviso il giovane capitano mentre, illuminato da un lampo, cadeva in acqua: si mise quindi a nuotare per tentare di salvarlo. Lo cercò invano in mezzo alle onde gigantesche e quando, ormai stanca, stava per rinunciare, lo vide improvvisamente sulla cresta bianca di un'onda vicina e di colpo se lo ritrovò fra le braccia. La sirena sorreggeva il giovane svenuto in mezzo al mare in tempesta, nuotando con tutte le sue forze per strapparlo a morte sicura. Per ore lo tenne abbracciato a sé finché, così com'era nata, la tempesta si placò. Nell'alba grigia che si alzava sul mare ancora livido, Sirenetta si accorse felice di essere vicina a terra e, aiutata dalla risacca, spinse il corpo del giovane sulla sabbia della riva.
Non potendo camminare rimase a lungo con la coda che lambiva l'acqua, stringendogli le mani e cercando di riscaldarlo con il suo corpo.
Ma un brusio di voci che si avvicinavano la fece tornare spaventata in acqua.

"Correte!"
gridava sbalordita
una dama sulla spiaggia.
"Qui c'è un uomo!
Guardate, sembra svenuto!"
Fortunatamente il giovane era salvo.
"Poverino! È stata la tempesta…"
"Portiamolo al castello!"
La prima cosa che il giovane vide appena aprì
gli occhi, fu il bellissimo viso della più giovane
delle dame accorse in suo aiuto.
"Grazie d'avermi salvato…" mormorò alla bella
sconosciuta. Sirenetta dall'acqua, vide l'uomo che
aveva strappato al mare, avviarsi così verso il castello
senza che sapesse che era stata lei, invece, a salvarlo.
E ora sentiva che su quella spiaggia era rimasto qualcosa
da cui non avrebbe mai voluto separarsi.
Oh! Com'erano state meravigliose le ore tremende passate
durante la tempesta mentre teneva fra le braccia il giovane.
Mentre sott'acqua si avvicinava alla reggia paterna, le sorelle
le nuotarono incontro, curiose di sapere perché fosse rimasta
così a lungo lassù. Sirenetta cominciò a raccontare, ma poi
sentì un groppo improvviso alla gola e, scoppiando a piangere,
corse a rifugiarsi nelle sue stanze.

Per giorni e giorni rimase chiusa senza voler vedere nessuno, rifiutando anche il cibo: sapeva che il suo amore per il giovane capitano era senza speranza, perché lei, che era una sirena, non avrebbe mai potuto sposare un uomo.
Solo la Strega degli Abissi avrebbe potuto aiutarla. Ma a quale prezzo?
Era così disperata che decise di andar da lei a chiederglielo.
"E quindi non vuoi più la tua coda di pesce! Suppongo che vorresti due gambe da donna! Vero?!" la schernì l'orribile strega. "Bada bene, però! Soffrirai atrocemente, come se ti tagliassero il corpo in due con una spada e, ogni volta che poserai i piedi per terra proverai un terribile dolore!"
"Non importa!" mormorò Sirenetta con le lacrime agli occhi. "Qualsiasi cosa, purché possa tornare da lui!"
"Non ho finito!" continuò la vecchia. "Dovrai darmi la tua bella voce come premio per la mia magia e tu rimarrai muta per sempre! Ma ricorda: se l'uomo che ami sposerà un'altra, tu non potrai più tornare indietro. Non sarai mai più una sirena e il tuo corpo si dissolverà nell'acqua come la spuma di un'onda!"
"Accetto!" disse infine Sirenetta e, senza esitare, si fece dare l'ampolla con la pozione che avrebbe compiuto il prodigio.
La strega le aveva rivelato che il giovane capitano era un principe e fu sulla spiaggia vicino al suo castello che Sirenetta uscì dal mare. Si trascinò sulla riva e bevve il filtro della strega. Immediatamente un atroce dolore le fece perdere i sensi e quando rinvenne, vide il viso tanto amato che le sorrideva.
La terribile magia della strega aveva operato il miracolo: il principe era stato spinto da una forza misteriosa a recarsi sulla spiaggia proprio mentre Sirenetta vi giungeva. E fu lì che la trovò e, ricordando quando anche lui era approdato naufrago, coprì intenerito con il mantello quel corpo che il mare aveva portato.
"Non temere! Sei salva! Da dove vieni?" disse subito. Ma Sirenetta, resa muta dalla strega, non poteva rispondere.

Il giovane allora le accarezzò con un dolce gesto il viso ancora bagnato e la tranquillizzò: "Ti porterò al castello e avrò cura di te!".
Nei giorni che seguirono, Sirenetta cominciò una nuova vita: ebbe dei meravigliosi vestiti e spesso accompagnava il principe a cavallo nelle sue passeggiate. Una sera fu anche invitata a un gran ballo dato a corte, ma come aveva predetto la strega, ogni passo, ogni movimento delle gambe le procurava atroci sofferenze; la piccola sirena sopportava in silenzio i terribili dolori, paga com'era di poter vivere vicino al suo amato.

Benché non potesse rispondere con la parola alle attenzioni del principe, questi le si era affezionato e la rendeva felice colmandola di gentilezze.

Il giovane però aveva nel cuore la sconosciuta dama che aveva visto quando era stato raccolto dopo il naufragio. Da allora non l'aveva più incontrata perché, dopo essere stato salvato, era subito ripartita per raggiungere il suo paese. Anche quando era in compagnia di Sirenetta, verso cui provava un affetto sincero, continuava a pensare all'altra e la piccola sirena, che aveva intuito di non essere lei la prescelta dal giovane, soffriva ancora di più.

Durante la notte Sirenetta usciva spesso di nascosto dal castello e si recava a piangere sulla riva del mare. Una volta le sembrò di vedere emergere dall'acqua le sue sorelle che la salutavano e si sentì ancora più triste.

Ma il destino le riservava un'altra brutta sorpresa.

Un giorno dai torrioni del castello fu avvistata una grossa nave che si avvicinava al porto e il principe andò ad accoglierla insieme a Sirenetta.

La fanciulla sconosciuta che il principe da tanto tempo aveva nel cuore, era appena scesa dalla nave e il giovane nel vederla le corse incontro felice. Sirenetta, impietrita, sentì una terribile fitta al cuore: stava per perdere il principe per sempre.

La dama, che non aveva mai dimenticato l'uomo che aveva trovato naufrago, si sentì poco dopo chiedere in sposa e, poiché ricambiava l'amore del principe, accettò con gioia. Dopo qualche giorno le nozze furono celebrate e gli sposi vennero invitati a compiere un viaggio sulla grossa nave che era ancora in porto. Anche Sirenetta salì a bordo con loro e il viaggio cominciò.

Scese la notte e Sirenetta, colma d'angoscia per aver perso per sempre il suo amato, salì sul ponte; ricordava la profezia della strega ed era pronta a sacrificare la propria vita e a dissolversi nel mare.

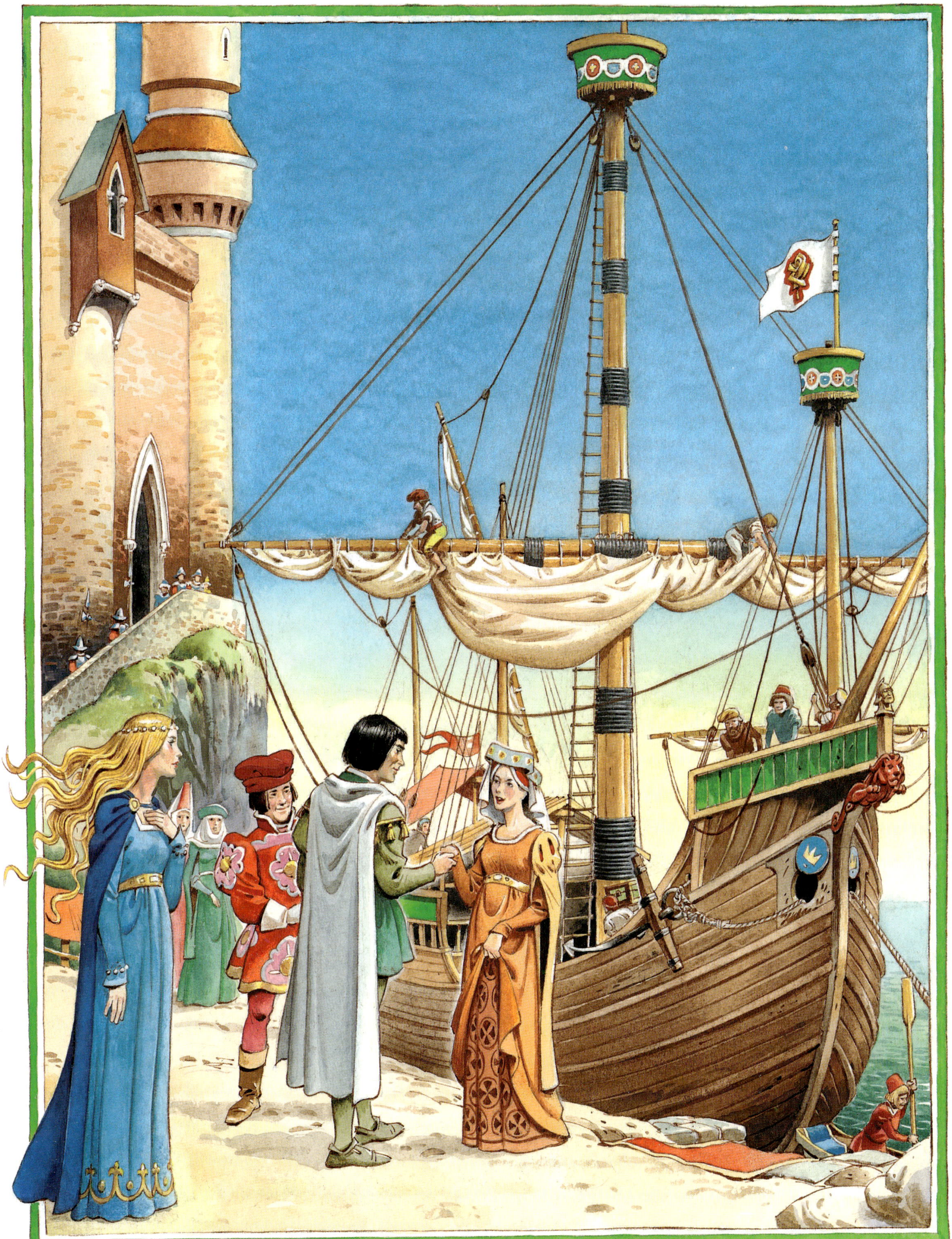

Ma una notte dall'acqua sentì dei richiami e nel buio intravide le sorelle.
"Sirenetta! Sirenetta! Siamo noi, le tue sorelle! Sappiamo ciò che ti è accaduto! Guarda! Vedi questo pugnale? È un pugnale magico, lo abbiamo ottenuto dalla strega in cambio dei nostri capelli. Prendilo e prima che sorga l'alba uccidi il principe! Se lo farai potrai tornare a essere una sirena come prima e dimenticherai tutte le tue sofferenze!"
Come se stesse vivendo in un incubo, Sirenetta si diresse verso la stanza dove riposavano gli sposi tenendo il pugnale, ma quando vide il viso bello e sereno del principe addormentato, gli gettò un bacio e scappò di nuovo sul ponte della nave. Non avrebbe mai trovato il coraggio di compiere un tale delitto!

Mentre già albeggiava, scagliò l'arma in mare e, rivolto un ultimo sguardo al mondo che lasciava, si tuffò fra le onde pronta a sparire e a diventare spuma di quel mare da cui era nata.
Il sole che si stava affacciando all'orizzonte lanciò un lungo raggio giallo sul mare e Sirenetta, immersa nell'acqua gelida, si girò a guardare per l'ultima volta la luce. Ma all'improvviso, come per incanto, una forza misteriosa la strappò dall'acqua e si sentì sollevare sempre più in alto nel cielo.
Le nubi si tingevano di rosa, il mare fremeva per la prima brezza del mattino e la piccola sirena sentì bisbigliare in mezzo a un dolce suono di campanelli:
"Sirenetta! Sirenetta! Vieni con noi!".
"Chi siete?" chiese la fanciulla, accorgendosi con stupore di parlare di nuovo. "Dove sono?"
"Sei con noi, nel cielo. Siamo le fate dell'aria! Non abbiamo anima come gli uomini, ma il nostro compito è di aiutarli e accettiamo fra noi solo chi ha dimostrato bontà verso di loro!"
Sirenetta, commossa, guardò in basso sul mare verso la nave del principe e sentì gli occhi riempirsi di lacrime, mentre le fate dell'aria le sussurrarono: "Ecco, vedi! I fiori della terra aspettano che le nostre lacrime si tramutino nella rugiada del mattino!".
Sirenetta si avvicinava a una nuova vita, a una nuova serenità.

I dodici cacciatori

C'erano una volta una principessa e un principe che si amavano ma non potevano sposarsi perché i loro regni erano da anni in guerra.
Un giorno, il principe diede all'amata un anellino e le promise che sarebbe tornato presto a prenderla.
Purtroppo proprio allora il padre del principe si ammalò gravemente.
Quando sentì che stava per morire, chiamò il figlio e gli disse: "Ti prego di farmi un solenne giuramento: fin da quando eri bambino ho promesso al re del Levante che tu avresti sposato sua figlia. È giunto il momento di mantenere la parola data".
Poi chiuse gli occhi e morì. Il principe era disperato: non voleva sposare la principessa del Levante perché era innamorato di un'altra fanciulla, ma... come poteva disobbedire alla richiesta di suo padre?
Alla fine, con il cuore pieno di tristezza, scrisse una lettera all'amata e ruppe il fidanzamento.
Mandò poi a chiamare la principessa del Levante e chiese ufficialmente la sua mano.

52

Quando la prima principessa ricevette la lettera ne fu così rattristata che rischiò di morire. Suo padre, per consolarla, le promise che avrebbe soddisfatto ogni suo desiderio.

"Vorrei undici ragazze che mi assomiglino perfettamente" disse la principessa.

Il re rimase sorpreso dalla strana richiesta, ma avrebbe fatto di tutto per risollevare il morale alla figlia.

Così le fanciulle vennero trovate e la principessa fece fare dodici vestiti da cacciatore, tutti identici: le ragazze li indossarono e lei stessa indossò il dodicesimo.

Così vestita, si presentò al giovane principe che tanto amava, che nel frattempo era diventato re, e gli chiese se volesse assumere dodici cacciatori.

Dovete sapere che il re aveva come consigliere un leone, un animale prodigioso che sapeva parlare ed era molto astuto.

"Non sono cacciatori!" gli disse il leone. "Secondo me, sire, sono dodici fanciulle".

"Non è possibile!" rispose il re. "Provamelo!"

"Spargi sul pavimento un sacco di piselli secchi" gli propose il leone.

"I veri cacciatori camminano spediti sui piselli, senza neanche accorgersene, le fanciulle invece saltellano evitandoli con mille passettini".
Il re diede ascolto al leone: fece gettare per terra i piselli e chiamò i cacciatori. Ma un servitore avvertì di nascosto i nuovi arrivati e le ragazze si sforzarono di camminare con passo fermo sui piselli.
"Avevo ragione io!" pensò il principe e non diede più retta al suo consigliere. Da allora i dodici cacciatori seguirono tutti i giorni il re a caccia.
Un giorno fu annunciato l'arrivo della promessa sposa: l'ora delle nozze era ormai vicina. Quando la dolce principessa - cacciatore udì la notizia, stramazzò al suolo svenuta per il dispiacere.
Il re credette che il suo cacciatore fosse stato ferito e corse a soccorrerlo.

Si chinò, gli tolse il cappello… e scorse lunghi riccioli neri di fanciulla!
Le tolse i guanti… e sulla mano bianca della ragazza vide l'anellino che un giorno le aveva regalato.
Allora si commosse e la baciò.
"Tu sarai la mia sposa, nessuno potrà mai più separarci e tra i nostri regni ci sarà sempre pace!" disse sorridendo.
L'altra principessa sposò il fratello minore del principe ed ebbe in dono metà del regno.
Così vissero tutti insieme, felici e contenti.

La bella e la bestia

C'era una volta un mercante che, dovendo partire per un lungo viaggio d'affari, chiese a ognuna delle sue tre figlie che cosa volesse in dono al suo ritorno. La prima chiese un vestito di broccato, la seconda una collana di perle e la terza, che si chiamava Bella ed era la più giovane, la più graziosa e anche la più gentile, disse al padre: "Mi basterà una rosa colta con le tue mani!".
Il mercante partì e, sistemati i suoi affari, si mise sulla via del ritorno, ma una bufera lo colse all'improvviso. Il vento fischiava gelido e il suo cavallo avanzava a fatica. Stanco e infreddolito, a un tratto vide brillare una luce in mezzo al bosco. Via via che si avvicinava, si accorse che stava raggiungendo un castello tutto illuminato. "Speriamo che possano darmi ospitalità!" si disse speranzoso.
Arrivato al portone, si accorse che questo era aperto ma, per quanto chiamasse, nessuno si presentava a riceverlo. Allora, fattosi coraggio entrò. Nel salone principale, sul lungo tavolo, era imbandita una ricca cena, illuminata da due candelabri. Il mercante esitò a lungo, continuando a chiamare gli abitanti del castello, ma poiché nessuno rispondeva si mise a sedere e, affamato com'era, consumò il lauto pasto. Poi, sempre più incuriosito, salì al piano di sopra: su un lungo corridoio si affacciavano saloni e stanze meravigliose e in una di queste scoppiettava un bel fuoco e un letto morbido sembrava invitarlo a riposare.
Era tardi e il mercante si lasciò tentare; si distese sul letto e si addormentò.
Quando si svegliò la mattina, accanto a lui una mano sconosciuta aveva posto un vassoio d'argento con un fumante bricco di caffè e della frutta. Il mercante fece colazione e scese per ringraziare chi lo aveva generosamente ospitato.
Ma, come la sera precedente, non trovò nessuno e, stupito per la strana situazione in cui si era trovato, si avviò per raggiungere il cavallo che aveva lasciato legato a un albero, quando un cespuglio di rose attirò la sua attenzione.

Si ricordò allora della promessa fatta a Bella e, chinandosi, raccolse una rosa. D'improvviso, dal folto del roseto, sbucò una belva orrenda, vestita di bellissimi abiti: due occhi iniettati di sangue e carichi di rabbia lo fissavano minacciosi e una voce terribile lo apostrofò: "Ingrato! Ti ho dato ospitalità, hai mangiato al mio tavolo e dormito nel mio letto e per tutto ringraziamento rubi i miei fiori prediletti? Ti ucciderò per questa tua mancanza di riguardo!".
Il mercante, terrorizzato, si gettò a terra davanti alla Bestia tremando e disse: "Perdonami! Perdonami! Farò qualunque cosa tu mi chieda! La rosa non era per me, era per mia figlia Bella a cui l'avevo promessa!".
La belva ritirò la zampa che aveva già posato sul malcapitato: "Ti lascerò andare a condizione che tu mi porti tua figlia!".
Il mercante, dopo essere stato minacciato di morte sicura se non avesse ubbidito, promise di eseguire l'ordine.

Quando piangendo arrivò a casa, fu accolto dalle tre figlie e dopo aver raccontato la sua spaventosa avventura, Bella lo tranquillizzò subito dicendo: "Padre mio, farei qualsiasi cosa per te! Non preoccuparti, potrai mantenere la tua promessa e avere salva la vita! Accompagnami al castello e io resterò là al posto tuo!". Il padre abbracciò la figlia. "Non ho mai dubitato del tuo amore. Per il momento ti ringrazio di salvarmi la vita. Speriamo che presto riesca a ricambiare il favore…"
Così Bella fu accompagnata al castello e la Bestia accolse la giovane in maniera inaspettata: invece di minacciarla di morte come aveva fatto con il padre, fu stranamente gentile. Bella, che all'inizio aveva provato paura e ribrezzo nel vedere la Bestia, a poco a poco si accorse che, nonostante l'orrenda testa del mostro, non provava più repulsione via via che il tempo passava.
Le era stata assegnata la stanza più bella del castello e la fanciulla passava lunghe ore a ricamare vicino al fuoco. La Bestia, seduta vicino a lei, restava a guardarla in silenzio, poi piano piano cominciò a dirle qualche parola gentile, finché Bella si accorse con stupore di apprezzare la sua conversazione.
I giorni passavano e la confidenza fra le due creature così diverse cresceva, finché un giorno la Bestia osò chiedere a Bella di diventare sua moglie. Bella, sorpresa, dapprima non seppe cosa rispondere. Sposare un mostro così orrendo? Piuttosto la morte! Ma non voleva offendere chi fino allora si era mostrato così gentile con lei…

E non poteva scordare che sia lei che suo padre avevano avuto salva la vita.
Tuttavia prese coraggio e andò dalla Bestia.
"Non posso proprio accettare!" cominciò con voce tremante. "Vorrei tanto…"
La Bestia la interruppe con un gesto deciso: "Capisco! Capisco! Non temete, non vi serberò rancore per questo rifiuto!".
E, infatti, la vita di tutti i giorni continuò come prima e l'episodio non ebbe conseguenze.
Anzi, un giorno la Bestia regalò a Bella un magnifico specchio dal magico potere: Bella, fissandolo, poteva vedere la sua famiglia lontana.
"In questo modo la vostra solitudine sarà meno pesante!" furono le parole che accompagnarono il dono.
Bella passava lunghe ore a fissare i suoi cari lontani, ma poi cominciò a essere in apprensione, finché un giorno la Bestia la trovò in lacrime vicino allo specchio magico. "Che cosa succede?" si informò con premura come sempre.
"Mio padre è molto malato e sta per morire! Oh! Vorrei tanto poterlo rivedere prima della fine!" rispose la fanciulla tra i singhiozzi.
La Bestia scosse la testa: "Non è possibile! Mai lascerete questo castello!".
E se ne andò infuriato.

Ma di lì a poco ritornò e con voce grave annunciò a Bella: "Se mi promettete su quello che avete di più caro al mondo che fra sette giorni sarete di nuovo qui, vi lascerò andare da vostro padre!".
Bella, felice, gli si gettò ai piedi: "Prometto! Prometto! Come siete buono, avete reso felice una figlia devota!".
Il padre, che si era ammalato soprattutto per il dispiacere di sapere la figlia prigioniera della Bestia al posto suo, quando poté riabbracciarla si sentì subito meglio e dopo cominciò a ristabilirsi.
La figlia passava lunghe ore con lui, raccontando tutto quanto faceva al castello e gli spiegava anche quanto fosse gentile e premurosa la Bestia.
I giorni passarono veloci e finalmente il padre lasciò il letto guarito.
Bella era finalmente felice, ma non si era accorta che i sette giorni della promessa erano passati e una notte si svegliò di soprassalto per un sogno terribile. Aveva visto la Bestia morente che la invocava rantolando nell'agonia: "Torna! Torna da me!".
Fosse per mantenere la solenne promessa che aveva fatto, fosse per uno strano e inspiegabile affetto che le sembrava di provare per il mostro, decise di partire subito.
"Corri! Corri, cavallo mio!" diceva frustando il destriero che la portava verso il castello, per paura di non arrivare in tempo.

Giunta al castello, salì di corsa le scale chiamando, ma nessuno rispondeva: tutte le stanze erano vuote.

Scese allora in giardino con il cuore in gola e un terribile presentimento; la Bestia era là, appoggiata a un albero, con gli occhi chiusi, come morta. Bella gli si gettò addosso abbracciandola e gridando: "Non morire, ti prego! Non morire! Ti sposerò…".

A queste parole avvenne un prodigio: come per incanto l'orrendo muso della Bestia si trasformò prendendo le sembianze di un bel giovane.

"Quanto ho aspettato questo momento, soffrendo in silenzio senza poter rivelare il mio terribile segreto!" esclamò il ragazzo. "Una strega malefica mi aveva trasformato in un mostro e solo l'amore di una fanciulla che mi avesse accettato come sposo così com'ero, poteva rendermi di nuovo normale. Oh, cara! Se mi vuoi sposare, mi renderai l'uomo più felice del mondo!"

Di lì a poco le nozze furono celebrate e da quel giorno il giovane volle che in suo onore si coltivassero solo rose nel giardino.

Ecco perché ancora oggi quel castello si chiama il "Castello della Rosa".

I cigni selvatici

C'era una volta un re che aveva dodici figli: undici ragazzi forti e coraggiosi e una bellissima e dolce bambina, di nome Lisa.
Un brutto giorno il re, che era vedovo, si risposò con una donna malvagia, che non amava i suoi figliastri: anzi, non vedeva l'ora di sbarazzarsene.
Poco dopo le nozze la cattiva matrigna, che era anche una strega, preparò un maleficio e trasformò gli undici ragazzi in undici cigni selvatici.
"E ora volate via con le vostre ali!" aggiunse la perfida donna. "Volate… volate via lontano! Volate al di là delle colline, delle montagne, al di là dei mari e di tutti gli oceani! Che io non vi veda mai più!"
I cigni si alzarono in volo e scomparvero all'orizzonte.
Poi la matrigna portò la bambina in una fattoria ai margini del regno perché i contadini che ci abitavano ne facessero la loro serva.
Così passarono gli anni.
Lisa, che nel frattempo era diventata una fanciulla meravigliosa sia nell'aspetto che nell'animo, decise un giorno di mettersi in viaggio alla ricerca dei suoi undici fratelli, cui non aveva mai smesso di pensare.

"Li ritroverò, dovessi anche camminare fino ai confini del mondo!" promise a se stessa. Salutò i contadini che l'avevano ospitata per tanto tempo e che, volendole bene, l'avevano lasciata libera di andare dove il cuore la portava, e partì.
Camminò per giorni, per settimane e per mesi, superando senza mai fermarsi, montagne, fiumi e vallate.

Giunta un bel mattino sulle rive dell'oceano, sentì sopra il suo capo
un rumoroso sbattere di ali. Alzò la testa e... non poté credere ai suoi occhi!
Undici cigni bianchi apparvero all'orizzonte e planarono sulla sabbia
trasformandosi in undici bellissimi principi.
L'incontro fra i fratelli fu commovente.
"Siamo condannati a volare ogni giorno di paese in paese," spiegò il maggiore
dei fratelli "ma possiamo tornare ogni sera sulla terra per ridiventare uomini.
All'alba, il nostro regno diventa ancora il cielo!"
"Come posso aiutarvi?" chiese allora la fanciulla. "Ci sarà pure un modo
per sciogliere questo terribile sortilegio!"
"Un modo ci sarebbe, sorellina..." rispose il giovane. "Ma vogliamo avvertirti
che sarà difficile e doloroso. Dovrai raccogliere molte ortiche, filarle come lana,
tesserle e cucire il tessuto ottenuto per confezionare undici tuniche. Quando
saranno pronte, le getterai sui cigni e il maleficio scomparirà. Durante questo
lavoro dovrai restare sempre zitta. Se una sola parola uscirà dalla tua bocca,
la tua fatica sarà inutile!"

Lisa si mise subito all'opera cominciando
a raccogliere le ortiche senza badare
al bruciore che sentiva alle mani.
In silenzio filò le foglie irritanti
e con esse preparò una stoffa
robusta.
Un giorno, mentre
stava facendo provviste
di ortiche in un prato,
alcuni cacciatori
si fermarono per
chiederle la strada.
Erano condotti
dal sovrano del paese,
che fu subito conquistato
dal fascino e dalla grazia
di quella ragazza che lavorava con tanto impegno.
"Chi sei, bella fanciulla?" le chiese.
"Da dove vieni?"
Ma Lisa non poteva parlare.
Il principe, che si era
innamorato a prima
vista di lei, la fece
salire sul suo cavallo
e la portò con sé
al castello.
Il principe la
invitò infatti
ad abitare lì:
Lisa accettò
con un gentile
cenno del capo.
Ma continuava
a tacere.

Trascorreva le sue giornate chiusa nella sua stanza, a cucire le tuniche. Ne mancava ormai solo una, quando la scorta di ortiche finì.

"Ne raccoglierò qualcuna nel giardino del castello!" pensò.

Ma fu sorpresa dalle guardie.

"Sei una ladra! Vuoi rubare le rose del re!" gridarono le guardie reali e la rinchiusero in una torre. Purtroppo Lisa non poteva parlare per discolparsi.

Il re andava ogni giorno a trovarla e la interrogava, invano.
Finalmente, anche l'undicesima tunica fu pronta.
Su nel cielo, volavano undici cigni bianchi. Lisa aprì la finestra della torre
e gettò a ognuno di loro una tunica: a uno a uno, gli undici uccelli ripresero
l'aspetto di giovani principi.
La bella principessa, libera finalmente di parlare, raccontò al re la sua storia.
"Sei una fanciulla buona, altruista e coraggiosa, oltre che bella!" disse allora
il sovrano felice. "Non ho mai dubitato della tua onestà e ti amo ancor di più
per quello che hai sopportato per amore dei tuoi fratelli!"
Lisa e il re, innamorati, naturalmente si sposarono.
Gli undici fratelli andarono a vivere al castello, sposarono undici principesse
e vissero sempre tutti felici e contenti.

Il pettigiallo

A Orchidea, la dolce fata bianca, piaceva molto sognare e vagare con
la fantasia, cullata dalle note della sua musica. Orchidea era famosa in tutto
il Regno delle Fate perché nessun'altra suonava e cantava come lei!
La sua voce era la più incantevole che si fosse mai sentita.
Era così fragile, sensibile e delicata e non le dispiaceva starsene in disparte,
nascosta da qualche albero, a cantare e ad ascoltare i suoni intorno a lei.
Per questo le piaceva tanto andare a trovare i suoi amici gnomi: il bosco in cui
vivevano era bellissimo! E per lei era davvero speciale passare lì le giornate,
cantando e ascoltando quelle che lei chiamava le "melodie della natura".
Fu così che un giorno, mentre passeggiava tra un bosco di betulle e una foresta di vecchi abeti, si fermò all'improvviso per ascoltare il meraviglioso canto
di un uccellino: non le era mai capitato di sentirne uno così dolce e leggiadro!
Guardò in alto e lo vide sopra un ramo: era il Pettigiallo, che aveva costruito
il suo nido nel bosco e le cui piume gialle
e bianche trasalivano a ogni nota.
"Che canto soave!" pensò estasiata.
Da allora Orchidea tornò ogni giorno
in quello stesso punto del bosco
per ascoltare lo splendido canto
del Pettigiallo. Socchiudeva gli occhi
e sognava su quella melodia.
Pian piano crebbe in lei il desiderio
di potersi avvicinare all'uccellino,
magari per poter cantare
insieme a lui.
"Che sciocca!" pensò a un
tratto. "Posso usare la magia!
Sono o non sono una fata?"

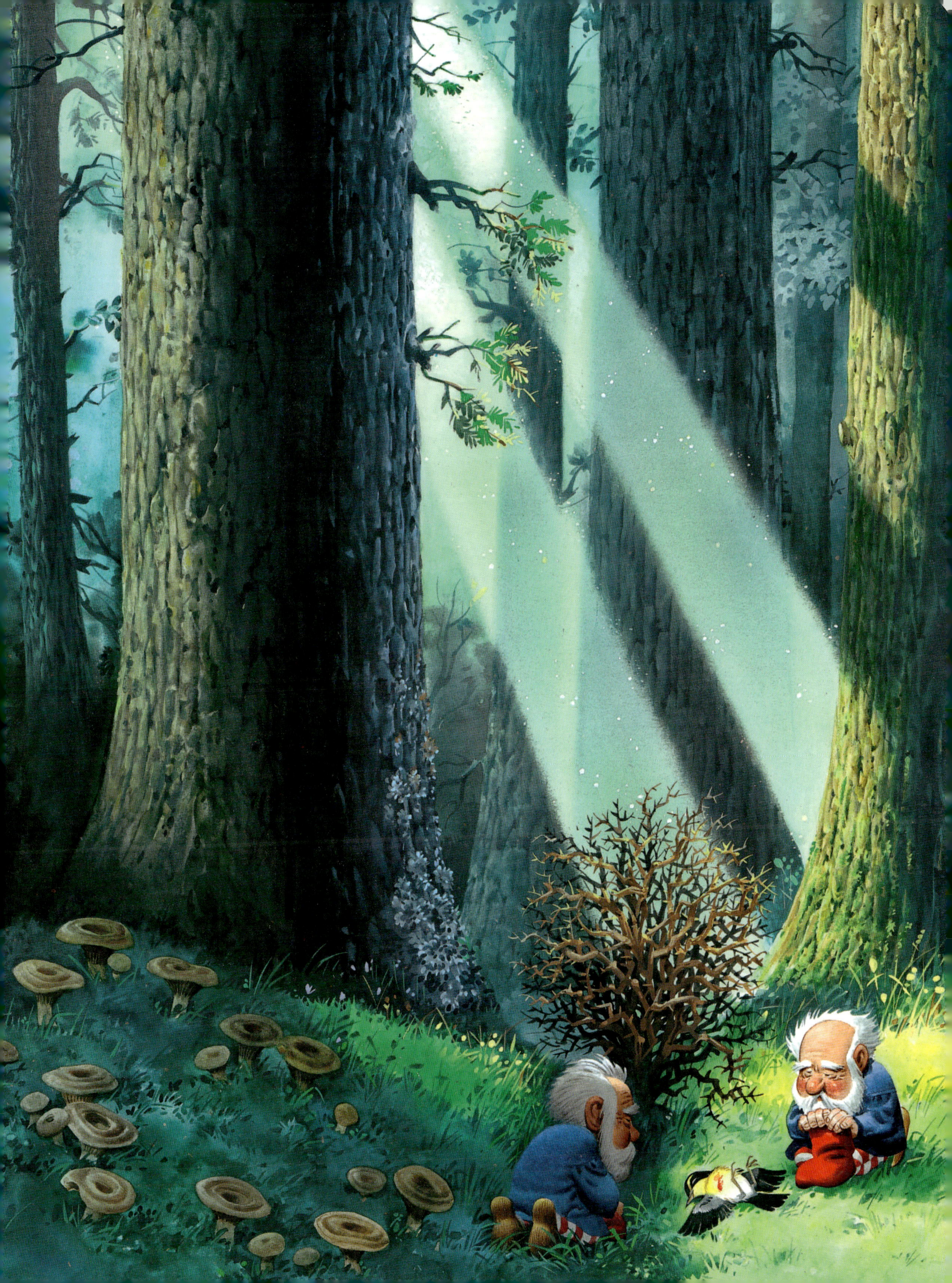

Si concentrò, fece un gran sospiro e un attimo dopo era diventata grande come una farfalla, con un paio di ali colorate sulla schiena!
Non vedeva l'ora di cantare insieme a quel suo amico così bravo e svolazzò immediatamente sui rami più alti. "Buongiorno, Pettigiallo! Io mi chiamo Orchidea! Ti andrebbe di cantare un po' insieme a me?" disse la fata.
L'uccellino accettò volentieri l'invito e fu allora che avvenne il prodigio.
Ora che il canto di Orchidea e del Pettigiallo si diffondeva tra le fronde degli alberi, anche il bosco sembrava più bello!
Che giornata speciale fu per la fata! Non vedeva l'ora di ripetere l'esperienza!
Ma il mattino seguente una bruttissima sorpresa risvegliò tutto il bosco: due gnomi, che si erano alzati di buon'ora per andare a cogliere funghi, trovarono tra l'erba, vicino a un cespuglio di rovi, il Pettigiallo con una piccola macchiolina di sangue che macchiava il giallo del suo petto: lo stesso sangue che macchiava una spina appuntita del rovo.
"Oh, povero Pettigiallo!" sussurarono.
Corsero subito ad avvertire Orchidea che, saputa la notizia, scoppiò a piangere disperata. Da quel momento la fata si chiuse in un lungo silenzio e per giorni e giorni non parlò, non suonò e non cantò.
Anche nel bosco calò il silenzio: infatti, pensando di poter consolare così il dolore di Orchidea, tutti gli uccellini avevano smesso di cantare.
Ma quando la fata si accorse di tutto quel silenzio, corse dagli uccellini del bosco e disse loro: "Non sentite com'è brutto il bosco, ora che è così silenzioso? Neppure al piccolo Pettigiallo piacerebbe! Ricomincerò a cantare… e voi con me!".
E così dicendo, decise di salvare e di donare al bosco il ricordo più bello del suo piccolo amico: il canto.
Con una magia, raccolse le note che erano ancora nell'aria e le soffiò sugli uccellini… e quel giorno tutti cantarono come il piccolo Pettigiallo!

Rumpelstiltskin

C'era una volta un mugnaio che tutti conoscevano come un gran fanfarone. Egli infatti sosteneva che il suo mulino era il più grande di tutti, la sua casa la più pulita del villaggio, la sua farina la più bianca di tutto il regno.
Le sue spacconate erano così esagerate che giunsero persino alle orecchie del re. Così un giorno in cui sua maestà passava di lì con tutto il suo corteo, lo volle conoscere. Il mugnaio gli presentò la figlia e non seppe resistere all'idea di raccontare un'altra fandonia.
"Sire, guardate mia figlia, è la fanciulla più bella del reame!"
Il re, dubbioso, guardò la ragazza, e rimase in assoluto silenzio. Per nulla scoraggiato, il mugnaio continuò: "… e poi è molto intelligente ed è bravissima in tutto!". Il re tacque ancora.
Il mugnaio, che voleva impressionarlo a tutti i costi, non trovò di meglio che inventare: "Pensate che mia figlia è capace di filare la paglia e la trasforma in oro!".
Il re, abbastanza seccato, questa volta rispose da par suo: "Benissimo, la metterò subito alla prova! Se tramuterà la paglia in oro sarà ricompensata, altrimenti morirà!".

E, detto fatto, ordinò alle guardie di condurre la ragazza al castello.
Il re chiuse la fanciulla in una stanza con un mucchio di paglia e le disse con severità: "Trasformala tutta in oro entro domani!".
La povera ragazza, rimasta sola, scoppiò a piangere disperata.
"Ah, padre mio, in che guaio mi hai cacciata!" disse singhiozzando, quando, a un tratto, apparve dal nulla un piccolo gnomo tutto vestito di rosso, con un grosso cappello e una lunga barba bianca, che le disse: "Se ti aiuterò a tramutare in fili d'oro questa paglia, tu cosa mi darai in cambio?".
La ragazza gli porse un bellissimo gioiello a forma di cuore che aveva al collo e gli disse: "Posso darti questo, è la cosa più preziosa che ho!".
Lo gnomo accettò e la mattina seguente la fanciulla, che aveva dormito tutta la notte di un sonno agitato, vide che la promessa era stata mantenuta.
Il re, certo che il suo ordine non poteva essere stato eseguito, aprì la porta della cella, pronto a far punire la giovane.
Ma si fermò sbalordito: sul tavolo davanti a lui c'erano ben allineati sei rocchetti di fili d'oro.
Il re, soddisfatto, pensò di sfruttare la situazione a proprio vantaggio.

"Sei stata molto brava, ma ti manderò altra paglia perché mi serve dell'altro filo d'oro!" disse allora il re.
La ragazza, che non poteva svelare come aveva fatto e chi l'aveva aiutata, si disperò più di prima, ma nel corso della notte comparve ancora una volta lo gnomo.
"Cosa mi dai se ti aiuto ancora?" chiese alla ragazza.
"L'unica cosa chi mi resta è questo anello antico. Non ho altro. Ti prego, accettalo e aiutami, altrimenti la mia sorte è segnata!" lo implorò la fanciulla.
Tutto accadde come la notte precedente e la mattina dopo il re poté contare felice in quanti rocchetti d'oro era stata trasformata la paglia.
La fanciulla, dopo aver compiuto quel prodigio, gli sembrava adesso molto più graziosa di prima. La fissò a lungo in viso e poi ebbe un'idea.

"Filerai un'ultima volta della paglia per me e, se anche questa volta riuscirai a tramutarla in oro, io ti sposerò!" le disse.
A questo punto un grande sconforto assalì la ragazza, che pensava tra sé:
"Se questa notte tornerà lo gnomo, non avrò più niente da offrirgli in cambio del suo aiuto! Come riuscirò a salvarmi da questa situazione?".
La poverina era disperata e pianse tutta la sera, finché a notte fonda arrivò nuovamente lo gnomo.
"Sono tornato per aiutarti. Ma questa volta cosa mi darai in cambio?"
La ragazza fra le lacrime rispose:
"Grazie, ma questa volta non ho proprio più niente da offrirti, purtroppo!".
Lo gnomo la guardò sorridendo e disse: "Ho saputo che il re ti sposerà. Faremo così: quando sarai regina, io verrò a prendere il tuo primo figlio in cambio dell'aiuto che ti darò adesso per salvarti!".
Senza pensarci troppo, la ragazza accettò il patto e la mattina seguente si ripeté ancora una volta il prodigio. Il re, ormai diventato ricchissimo, fece assegnare alla figlia del mugnaio un appartamento in un'ala del castello e cominciò i preparativi per le nozze.
La fanciulla si fece promettere che, una volta sposata, non sarebbe più stata obbligata a trasformare la paglia in oro.
Il re accettò, quindi furono celebrate le nozze.

Con grande gioia del mugnaio fanfarone, il matrimonio, nonostante tutto, riuscì bene. Il re e la regina erano molto felici e lo furono ancora di più quando nacque un bel maschietto.
Ormai la regina aveva dimenticato le passate disavventure, finché un terribile giorno improvvisamente ricomparve lo gnomo. "Sono venuto a prendere tuo figlio, ricordi il patto che avevamo fatto?" disse quello.

"Non posso! Non posso mantenere quella promessa che ti feci sventatamente! Ti offrirò in cambio tutti i miei gioielli! Chiedimi qualsiasi altra cosa, ma ti supplico, non portarmi via mio figlio!" singhiozzò la regina, disperata.
Lo gnomo questa volta sembrava davvero deciso a farle rispettare l'accordo che avevano concluso, ma poi, intenerito dalle lacrime della donna, le fece una proposta: "Va bene, ti darò quest'ultima possibilità: se riuscirai a indovinare il mio nome ti lascerò il bambino! Ma ricordati, ti lascio solamente tre giorni per scoprirlo, e tu sai per esperienza di quali incredibili magie posso essere capace!".
E, detto questo, lo gnomo scomparve.
Questa volta la regina corse dal re e gli confessò tutto.
Furono allora chiamati a corte tutti i sapienti del regno, i quali consultarono i loro libri per cercare di trovare il nome dello gnomo. Sfortunatamente però nessun manoscritto da loro esaminato parlava di gnomi dalla lunga barba bianca, vestiti di rosso e capaci di fare mirabolanti magie.
Erano già trascorsi due giorni e il tempo a disposizione stava per terminare, quando un messaggero del re riferì di aver assistito, per un fortunato caso, a uno strano rito.
Mentre attraversava un fittissimo bosco, aveva infatti visto un vecchietto vestito di rosso che ballava intorno a un fuoco e cantava: "Rumpelstiltskin, Rumpelstiltskin, il mio nome è tutto qua, se nessuno lo saprà, il bambino mio sarà!".

Il terzo giorno era ormai giunto
e a corte tutti aspettavano con ansia l'arrivo
dello gnomo, che improvvisamente comparve dal nulla.
Appena lo vide, la regina gli puntò il dito dicendo: "Rumpelstiltskin!".
A questa parola un lampo colpì lo gnomo, che scomparve in una nube
di fumo. La regina corse felice ad abbracciare il figlioletto e gli disse:
"Ormai sei salvo! Nessuno potrà più portarti via!".

Pollicina

C'era una volta una donna che non aveva figli e sognava tanto di avere una bambina. Il tempo passava e il suo desiderio non veniva esaudito. Decise allora di ricorrere a una maga, che le diede un chicco d'orzo prodigioso da interrare in un vaso di fiori. Il giorno dopo un fiore meraviglioso, simile a un tulipano, era sbocciato: quando i petali non erano ancora completamente aperti, la donna li sfiorò con un bacio leggero. Come per incanto la corolla si aprì e apparve una bambina minuscola, alta un pollice. Fu per questo chiamata Pollicina e per letto le fu dato un guscio di noce, come materasso petali di viola e per coperta un petalo di rosa. Di giorno, per farla giocare, in un piatto pieno d'acqua veniva posata una barchetta fatta con un petalo di tulipano. Pollicina navigava nel minuscolo laghetto usando come remi due crini di cavallo e cantava, cantava con voce dolce e melodiosa. Una notte, mentre dormiva nel guscio di noce, una grossa rana entrò attraverso il vetro rotto di una finestra.

Osservò a lungo Pollicina, pensando fra sé: "Com'è bella! Sarebbe la sposa ideale per mio figlio!". Senza farsi vedere prese il guscio che conteneva Pollicina e tornò in giardino. E di qui raggiunse lo stagno dove abitava. Il figlio, brutto e grasso, abituato com'era a obbedire alla madre, approvò la scelta. La madre, preoccupata che la bella prigioniera potesse fuggire, condusse Pollicina su una foglia di ninfea in mezzo all'acqua. "Da qui non potrà più scappare!" disse al figlio. Pollicina rimase sola. Era disperata, capiva di non potersi sottrarre al destino riservatole dai due ripugnanti ranocchi e continuava a piangere. Alcuni pesci che si riparavano dal sole sotto la grossa foglia di ninfea, avevano sentito il discorso dei ranocchi e i lamenti della bambina e decisero di intervenire. Rosicchiarono il gambo che teneva la foglia, finché questa si mosse trascinata dalla corrente. Una farfalla che svolazzava lì vicino, propose: "Se mi getti un capo della tua cintura posso farti viaggiare più velocemente".

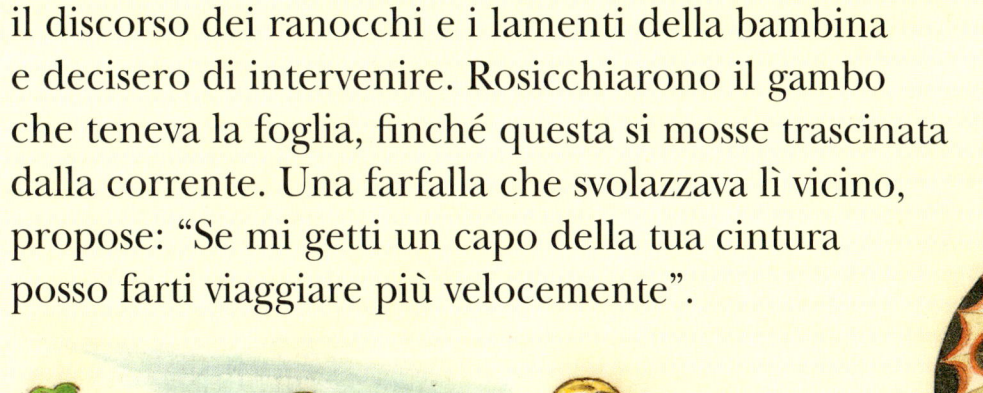

Pollicina accettò ringraziando e presto la foglia si allontanò sempre più dallo stagno dei ranocchi.
Ma i pericoli non erano finiti: un maggiolino la vide e l'afferrò con le robuste zampe, portandola in alto tra le foglie dell'albero su cui abitava. "Guardate com'è bella!" diceva rivolto ai compagni. Ma questi lo convinsero che era troppo diversa da loro e il maggiolino la lasciò libera.

Era estate e Pollicina vagava tra i fiori e l'erba alta, cibandosi di polline e bevendo rugiada. Arrivarono presto le prime piogge e la brutta stagione; per la bambina era sempre più difficile nutrirsi e ripararsi. Quando arrivò l'inverno cominciò a soffrire per il freddo e la fame la tormentava.
Un giorno, mentre vagava disperata per i campi spogli, incontrò un grosso ragno che promise di aiutarla. L'accompagnò nell'incavo di un grosso ulivo e si mise a tessere una ragnatela per proteggerne l'ingresso. Poi la sfamò con delle castagne secche e chiamò i suoi amici ad ammirare Pollicina. Ma quanto era successo con i maggiolini si ripeté con i ragni e il protettore di Pollicina fu convinto ad abbandonarla. La bambina, convinta di essere brutta e che perciò nessuno la volesse, lasciò piangendo il rifugio del ragno.

Vagando infreddolita, incontrò una robusta casetta fatta di rametti e foglie secche. Bussò speranzosa e un topo campagnolo l'accolse sulla soglia: "Che cosa fai in giro con questo freddo? Vieni dentro a scaldarti!".
La casetta, accogliente e ben riscaldata, era piena di provviste e, in cambio dell'ospitalità, Pollicina faceva le pulizie e raccontava favole al topo.
Un giorno il padrone di casa annunciò la visita di un amico dicendo: "È una talpa molto ricca e ha una splendida casa. È solamente un po' miope, ma ha bisogno di compagnia e ti sposerebbe molto volentieri!". Pollicina non gradì molto questa proposta, ma nonostante ciò, quando il talpone venne in visita, raccontò delle bellissime storie e cantò con la sua voce melodiosa.

Il talpone, pur non vedendola bene, se ne innamorò subito. Il topo di campagna e Pollicina furono invitati a visitare la tana della talpa ma, con sorpresa e orrore, lungo la galleria trovarono una rondine che sembrava morta. Il talpone la scostò con un piede: "Ben le sta! Invece di svolazzare nella bella stagione, doveva fare come me, vivere sotto terra!". Pollicina, inorridita dalla frase crudele, più tardi, di nascosto, tornò nella galleria e, trascinata la rondine in un anfratto, si accorse che non era morta. Ogni giorno tornava a curarla e a nutrirla con amore, all'insaputa del talpone che intanto insisteva per sposarsi. La povera rondine raccontò la sua storia: ferita da una spina, non aveva potuto seguire le sue compagne nei paesi caldi.

"Sei buona a occuparti di me!" diceva sempre a Pollicina.
Poi venne la primavera: la rondine, ormai guarita, volò via, invitando la bambina, che rifiutò.

Durante l'estate Pollicina cercò
di ritardare il più possibile le nozze
con il talpone. La fanciulla pensava con
terrore che, sposando la talpa, sarebbe
rimasta sotto terra senza più vedere
il sole. Il giorno prima delle nozze
chiese di trascorrere l'ultima giornata
all'aperto; stava accarezzando un fiore,
quando sentì un cinguettio familiare:
"Fra poco tornerà l'inverno e io volerò
nei paesi caldi. Vieni con me!".
Allora Pollicina abbracciò forte la
rondine amica che subito spiccò il volo.
Sorvolarono boschi e laghi, pianure
e montagne e arrivarono in un paese
tutto fiorito. La bambina fu deposta fra i petali di un fiore ed ebbe
la sorpresa di trovare un genio dalle ali bianche, piccolo e carino
come lei: era il Re dei Geni che abitavano nei fiori. Egli fu subito
conquistato dalla bellezza di Pollicina e chiese di sposarla.
Questa volta Pollicina accettò con gioia e subito anche a lei
spuntarono due piccole ali bianche. Pollicina era diventata
la Regina dei Fiori.

Il principe e la principessa

C'era una volta un giovane principe che viveva in un antico castello fortificato in cima a un colle. Suo padre era un re molto potente, aveva un fortissimo esercito e lo aveva educato fin da bambino perché diventasse un valoroso guerriero: nessun altro ragazzo del regno sapeva cavalcare come lui e il suo coraggio era noto ovunque. Quando ebbe vent'anni, il re lo fece chiamare e gli disse: "Figlio mio, hai ormai l'età giusta per prendere moglie: sappi che ho trovato per te una principessa ricca, erede di un importante regno".

Non molto lontano, in una verde valle al di là delle colline, si estendeva un piccolo regno tranquillo, che da tanti anni non era stato toccato dalla guerra. Vi regnava un re pacifico, che abitava in un vecchio castello circondato da campi e vigneti. Aveva un'unica figlia, una ragazzina allegra e spensierata a cui voleva molto bene. La principessa era stata educata semplicemente e amava la vita di campagna e gli animali.
Ma un giorno la vita del regno venne turbata dall'arrivo di un esercito di invasori, guidato da un principe crudele.

"Concedimi la mano di tua figlia!" propose al re con voce sgarbata il guerriero, che aveva la barba rossa e ispida e una gran brutta faccia. "Solo così potrai salvare il tuo regno!"

Il re non sapeva che dire: non voleva certo dare in sposa la sua dolce figliola a un simile bruto, ma il suo regno non aveva esercito né fortificazioni: come difenderlo?

Per prendere tempo, disse che la fanciulla era ancora troppo giovane: bisognava aspettare qualche mese.

Nel frattempo, nel regno vicino, il giovane principe aveva fatto conoscenza con la principessa ricca da sposare, ma non gli era per niente piaciuta: era sgarbata e superba; per di più aveva il naso grosso e gli occhi un po' cattivi!

"Non mi importa che sia ricca: voglio una moglie bella e gentile, che mi voglia bene!" disse al padre. Il re allora si arrabbiò molto e lo cacciò dal regno.

Il principe partì col suo fedele scudiero e andò per il mondo a cercare fortuna. Addentratosi in un fitto bosco, smarrì la strada.
Giunto in una radura, vide una capanna di tronchi d'albero, abitata da uno strano personaggio dalla lunga barba bianca: sembrava un mago, ma non aveva la bacchetta magica, sembrava uno gnomo, ma non aveva il berretto rosso.
"Buon uomo, mi sai indicare il sentiero per uscire dal bosco?" chiese gentilmente il principe.
Il vecchio rispose con queste strane parole:

Prendi il sentiero che va alla Luna se vuoi avere fama e fortuna
Prendi il sentiero che va verso il Sole se cerchi invece pace e amore.

Il giovane si guardò intorno. Due strade si snodavano nel bosco: una si dirigeva verso le montagne, dietro le quali la Luna stava tramontando, una portava diritta a est, dove stava per sorgere il Sole.
Non ebbe dubbi: fece cenno al suo scudiero di seguirlo e prese allegramente il sentiero che conduceva verso il sole. Prima che partisse, il vecchio saggio gli fece un dono: una gabbietta con dentro un uccello canterino.

Uscito dal bosco, si ritrovò in una bellissima valle.

Il sole splendeva sui campi coltivati e sulle mura un po' scrostate di un vecchio castellotto di campagna.

Ai margini del bosco una fanciulla raccoglieva delle mele da un albero e intanto parlava con un uccellino che la ascoltava incantato.

Il principe non aveva mai visto una creatura così bella e se ne innamorò.

"Ti amo, bella fanciulla!" le disse senza perdere tempo. "Mi vuoi sposare?"

Gli occhi della ragazza, colpita al cuore da quelle parole e dal volto bello e gentile del giovane, si riempirono di lacrime.

"Purtroppo sono già stata promessa a un altro!" rispose. "Fra poco più di un mese dovrò andare in sposa a un principe brutto e malvagio, altrimenti questa bella valle, il regno di mio padre, verrà distrutto dal suo esercito!"

I due giovani parlarono a lungo e lui la consolò. Alla fine il principe partì lasciandole in ricordo la gabbietta con l'uccello canterino.

"Ora che ti ho trovato, non voglio perderti. Tornerò a prenderti presto!" le promise.

Ma il principe cattivo non volle aspettare la data fissata per le nozze: in una scura notte senza luna rapì la principessa e la fece condurre prigioniera al suo castello. Una sola cosa la fanciulla riuscì a portare con sé: la gabbietta con l'uccello canterino. Rinchiusa in una torre solitaria, non si disperò. Con voce dolce parlò all'uccello canterino:

*Va' uccellino,
vola lontano!
Vola al castello
dell'uomo che amo.*

Poi aprì la porta della gabbietta e l'uccellino volò via.
Nel frattempo, il principe era tornato al castello di suo padre. Il bravo re, che si era subito pentito di averlo scacciato, aveva accolto il figliolo a braccia aperte.
"Padre, ho trovato la moglie adatta per me!" gli disse il giovane. "Non è ricca, ma è una principessa buona e gentile, e mi renderà felice".
Mentre stava dicendo queste parole, un uccellino si posò sulla sua spalla. Il principe lo riconobbe e capì che la principessa era in pericolo.
"Padre, vi devo lasciare" disse al re. "Tornerò presto e vi farò conoscere la mia sposa".

Il re gli diede il cavallo
più veloce del regno e, armato di tutto
punto, sempre seguito dal fedele scudiero, il principe partì.
Sopra le loro teste, volava l'uccello canterino.
Quando arrivarono, trovarono il potente esercito del principe malvagio
ad affrontarli. Per quanto i due giovani fossero coraggiosi e abili nelle armi,
non potevano certo combattere alla pari con tutti quei soldati.
Dopo vari tentativi di assaltare il ponte levatoio, decisero di cambiare metodo.
"Se non ce la facciamo con la forza," disse il principe "ricorreremo all'astuzia!"
Detto fatto, si travestirono indossando due vecchi mantelli e, approfittando
delle ombre della notte, scalarono le mura senza essere visti.
L'uccello canterino, appollaiato sui merli del castello, attese il momento giusto,
poi svolazzò vicino a una guardia addormentata e le rubò la chiave della torre.

Quando il principe e lo scudiero furono nel cortile del castello, l'uccellino volò fino alla finestra della stanzetta in cui era rinchiusa la principessa, con la piccola chiave nel becco.
La fanciulla prese la chiave, aprì la porta e corse incontro ai suoi salvatori.
La brutta avventura non era ancora finita: presto le guardie si accorsero della fuga e corsero ad avvertire il loro padrone.
"Non mi scapperai così facilmente!" gridò questi rivolgendosi alla povera ragazza.
Ma appena vide il principe, lo riconobbe e si fermò: sapeva bene che, per quanto forte fosse il suo esercito, niente avrebbe potuto contro il potentissimo esercito del padre del principe. Il giovane fece salire la principessa sul suo cavallo e galoppò veloce verso casa.

Quando presentò la sua futura sposa al padre, questi ne fu molto soddisfatto. Si rese subito conto di ciò che intendeva il figlio e fu pienamente d'accordo con lui: l'importante è trovare una principessa dolce, gentile e che ti voglia bene per quello che sei… e non accontentarsi di una spocchiosa e arrogante, solo perché è ricca e potente!
"Ho saputo che il tuo pacifico e verde regno non è lontano di qui" disse il re alla fanciulla. "Ora andrò a conoscere il re tuo padre per concordare le nozze".
E così fece: i due re si conobbero e diventarono subito amici.
"Verrò spesso a farti visita" disse il re guerriero al re campagnolo. "E non temere, il mio esercito garantirà sempre la difesa e la protezione della tua bellissima valle!"

"E io sarò ben felice di ricambiare la visita!" gli rispose felice il suo nuovo amico. "Non vedo l'ora di assistere alle parate e ai tornei dei tuoi cavalieri! E quando verrò a trovarti, ti porterò i prodotti più buoni delle mie terre!"
I due giovani naturalmente si sposarono e furono molto felici.
In occasione delle nozze venne costruita una nuova strada con un lungo ponte per collegare i due regni, che da quel giorno vissero sempre in pace e in amicizia.

La lampada di Aladino

C'era una volta una vedova che aveva un unico figlio, di nome Aladino. Poveri com'erano, conducevano una vita piena di stenti, nonostante Aladino cercasse in tutti i modi di guadagnare qualcosa andando a raccogliere banane nei posti più lontani e disagevoli. Un giorno, cercando datteri selvatici in un palmeto lontano dalla città, incontrò un misterioso straniero. Costui, ben vestito, una corta barbetta nera, uno splendido zaffiro sul turbante, gli occhi neri e penetranti, si rivolse ad Aladino con una strana proposta: "Vieni qui, ragazzo! Ti piacerebbe guadagnare una moneta d'argento?".
"Una moneta d'argento?! Farei qualsiasi cosa, signore, per una ricompensa di questo genere!"
"Non ti chiedo molto: devi solo scendere al mio posto attraverso questa botola troppo stretta per me e, se farai ciò ti chiedo, avrai la ricompensa!"
Il ragazzo si fece aiutare ad alzare il coperchio di pietra, troppo pesante per lui; poi, piccolo e agile com'era, si infilò senza difficoltà nella stretta apertura. I suoi piedi trovarono una fila di stretti gradini: Aladino scese lentamente con precauzione e... si trovò in un antro pieno di strani luccichii.

La luce tremolante di una vecchia lampada a olio illuminava fiocamente il sotterraneo. Appena gli occhi di Aladino si furono abituati a quella semioscurità, uno spettacolo meraviglioso gli si presentò davanti: alberi da cui pendevano gemme sfavillanti, anfore d'oro e scrigni pieni di gioielli, dappertutto mille cose preziose… un vero tesoro!
Aladino, stupefatto e incredulo, non si era ancora ripreso dalla sorpresa quando sentì urlare: "La lampada! La lampada! Spegnila e portami solo quella!".
Aladino, sorpreso e indispettito che di tutto il tesoro lo straniero desiderasse solo una lampada senza valore, pensò che lo straniero fosse un mago o uno stregone. E decise di stare in guardia. Presa la lampada, salì i gradini per tornare verso l'apertura.

"Dammela!" gli disse con impazienza lo straniero, che era veramente un mago. "Ti ho detto di darmela subito!" urlò prepotente, allungando la mano per afferrarla.
Ma Aladino, sempre più sospettoso, rifiutò.
"Ti lascerò qui, tutto solo e per sempre, se non mi darai la lampada!" minacciò ancora l'altro.
"Prima voglio uscire…"
"Peggio per te, allora!" e con un colpo secco il misterioso straniero richiuse la botola sopra Aladino, senza accorgersi però che, nel fare questo, un anello gli si era sfilato dalla mano. Aladino, spaventato e dubbioso sulle vere intenzioni del mago, rimase nel buio più profondo. In quel momento sentì sotto il piede l'anello, lo raccolse e, senza riflettere, se lo infilò, rigirandolo con l'altra mano.
A quel gesto la caverna si illuminò di colpo e in una nuvola rosata comparve davanti a lui un enorme genio a mani giunte.
"Sono qui ai tuoi ordini, mio signore, per esaudire due desideri!" disse la magica figura.
Nel vedere l'apparizione, Aladino, sempre più sbalordito e incredulo, riuscì soltanto a balbettare: "Voglio tornare a casa!".
In un lampo fu esaudito.

"Da dove sei entrato?" gli chiese la madre china sui fornelli, appena si accorse del suo ritorno, vedendo la porta ancora chiusa. Aladino, tutto emozionato, raccontò con affanno quanto gli era accaduto.
"E la moneta d'argento?" gli chiese la madre.
Aladino si batté con forza la mano sulla fronte.
Di tutta quella straordinaria avventura gli era rimasta solo la vecchia lampada.
"Mi dispiace, mamma, mi è rimasta solo questa!"
"Speriamo almeno che funzioni! Tutta sporca com'è…"
E, per pulirla, la donna si mise a strofinarla.
Dal beccuccio della lampada, in mezzo a un fumo denso, comparve improvvisamente un altro genio.
"Dopo secoli di prigionia mi avete liberato! Ero prigioniero dentro la lampada e sarei potuto uscire solo se qualcuno l'avesse strofinata. Ora sono qui, servo vostro, per farvi avere qualsiasi dono!"
E il genio si chinò rispettoso in attesa di conoscere i loro desideri. Aladino e sua madre, a bocca aperta, fissavano la strana apparizione senza riuscire a pronunciare una sola parola. Il genio, con una punta di impazienza, ripeté ancora: "Comandate! Comandate pure ciò che volete, io sono a vostra disposizione!".
Aladino deglutì e poi disse esitante: "Portaci, portaci…". "… portaci un bel pasto completo e abbondante!" finì la madre che non aveva ancora preparato da mangiare.

Da quel giorno la vedova e suo figlio non ebbero più problemi.
Qualsiasi loro desiderio veniva esaudito dal magico servitore: cibo, vestiti, una bella casa! Com'erano lontani i tempi della povertà!
Aladino intanto era cresciuto e si era fatto un giovane alto e bello: sua madre cominciava già a pensare che avrebbe dovuto, prima o poi, prendere moglie, quando un giorno il ragazzo, uscendo dal mercato, incrociò la portantina della figlia del Sultano. Intravide appena la fanciulla, ma tanto bastò per innamorarsene perdutamente. La vedova ascoltò le confidenze del figlio e subito disse: "Parlerò io al Sultano per chiedere la mano di sua figlia. Non potrà dirmi di no! Lascia fare a me!".
Uno scrigno ricolmo di diamanti fu un argomento che convinse facilmente il Sultano a concedere udienza alla donna.

Quando il Sultano conobbe il motivo della visita
della vedova, istigato dal ciambellano che aspirava
lui stesso a sposare Halima, la bella figlia dagli occhi
neri, chiese che il futuro genero dimostrasse la sua
ricchezza e la sua potenza con un favoloso regalo.
"Se vuole sposare mia figlia, dovrà mandarmi domani
quaranta schiavi. Ognuno di loro dovrà portare un
forziere colmo di gemme e, per proteggere un simile
tesoro, chiedo quaranta guerrieri di scorta al corteo!"
La madre di Aladino se ne tornò a casa sconsolata:
fino allora la lampada magica e il suo genio avevano
compiuto prodigi, ma non certo di queste dimensioni.
Dopo aver spiegato le richieste del Sultano, vide
che Aladino non si scomponeva: il giovane prese
la lampada, la strofinò più forte del solito e al genio
subito comparso chiese di esaudire l'incredibile
richiesta. Il genio batté tre volte le mani e,
per incanto, comparvero i quaranta schiavi
con gli scrigni preziosi e la loro scorta.
Il giorno dopo il Sultano non credeva
ai propri occhi: non avrebbe mai
immaginato di vedere tante ricchezze.
Stava per accettare Aladino come sposo
per la figlia, quando il ciambellano,
roso dall'invidia, gli suggerì:
"E dove andranno ad abitare?".
Il Sultano, spinto dall'ingordigia, chiese
ad Aladino di far costruire al più presto
un immenso e sontuoso palazzo per la figlia.
Aladino non se lo fece ripetere e,
tornato a casa, dove prima c'era un'incolta
sterpaglia, fece costruire dal genio una reggia
favolosa. Ormai non potevano più esserci
ostacoli all'unione dei due giovani.

Le nozze furono celebrate fra la gioia
di tutti e soprattutto del Sultano, che aveva
trovato un genero ricco e potente.
La notizia dell'improvvisa fortuna e delle enormi
ricchezze di Aladino si sparse ovunque come un
lampo, finché… un giorno uno strano mercante
si fermò sotto le finestre del palazzo di Aladino.
"Cerco lampade vecchie dando in cambio lampade
nuove!" disse alla principessa che si era affacciata
al balcone. Aladino non aveva mai confidato
a nessuno il segreto della sua fortuna: l'unica
a conoscerlo era la madre che, naturalmente,
non lo avrebbe mai svelato a nessuno.
Purtroppo Halima non ne sapeva niente e,
credendo di fare un affare e una gradita sorpresa
ad Aladino, andò a cercare la vecchia lampada che
gli aveva visto nascondere e la scambiò con
il mercante, che subito si mise a strofinarla.
Ormai il mago, perché di lui si trattava,
recuperata la lampada, aveva a sua
disposizione il potere del genio.
Si impossessò di tutti i beni di Aladino
e ordinò che per magia il palazzo,
compresa la principessa, fosse trasportato
in un paese sconosciuto.
Aladino e il Sultano erano disperati:
nessuno riusciva a spiegarsi cosa fosse
successo.
Solo Aladino sapeva che la causa non
poteva che essere la lampada magica.
Nel rimpiangere il genio che tanto gli
aveva dato, si ricordò anche dell'altro
genio, quello dell'anello incantato
che il mago aveva perso.

Si ricordò così che aveva ancora la possibilità di vedere esaudito un secondo e ultimo desiderio. Trovato l'anello, lo infilò al dito, girandolo. "Portami subito dove il mago tiene prigioniera la mia sposa!" ordinò all'improvvisa apparizione. Subito esaudito, in un lampo si trovò lontano, dentro il suo palazzo. Nascosto dietro una tenda, vide il mago che si faceva servire dalla principessa.
"Psss, psss…" chiamò Aladino sottovoce.
"Aladino… tu qui!"
"Silenzio, non farti sentire! Prendi questa polverina e mettila nel tè del mago. Abbi fiducia in me…"
Poco dopo, la pozione fece il suo effetto e il mago si addormentò di un sonno profondo.
Aladino si mise a cercare la lampada ovunque, ma invano. La lampada non si trovava! Eppure doveva essere in qualche posto, altrimenti come avrebbe fatto il mago a spostare il palazzo senza l'aiuto del genio? Finché, guardando il suo nemico che russava, gli venne l'idea di cercare dietro al grosso cuscino al quale era appoggiato. La lampada era lì!
"Finalmente!" sospirò Aladino e, affannato, strofinò la lampada. "Bentornato, padrone! Perché mi avete lasciato servire un'altra persona per tanto tempo?!" esclamò sorpreso il genio.
"Bentornato a te, mio bravo genio! Finalmente ti rivedo, non sai quanto mi sei mancato. Per fortuna ora sei di nuovo al mio fianco!"
"Per servirti!" si inchinò sorridendo il magico servitore.

"Per prima cosa incatena quel mago malefico e mandalo lontano, tanto lontano dove nessuno possa più ritrovarlo!"
Il genio, sorridendo soddisfatto, fece un cenno e il mago sparì di colpo.
Halima si strinse ad Aladino impaurita e incredula: "Cosa succede? Chi è questo genio? Perché…".
"Sta' tranquilla, ormai va tutto bene!"
E così Aladino raccontò alla sposa tutto dall'inizio: prima l'incontro con il mago, poi il possesso della lampada magica che gli aveva permesso di diventare suo sposo, quindi la sua scomparsa e poi come, per mezzo dell'anello incantato, fosse riuscito a ritrovarla.
Finalmente tutto era ritornato come prima e i due, felici, si abbracciarono teneramente.
"Ma potremo tornare di nuovo nel nostro regno?" chiese la principessa titubante, pensando con nostalgia al padre lontano.
Aladino la guardò sorridendo e disse: "Con lo stesso prodigio con cui sei arrivata qui, tornerai a casa, questa volta con me e per sempre!".
Nel frattempo il Sultano era disperato: scomparsa la figlia, scomparso il meraviglioso palazzo e sparito improvvisamente il genero, senza sapere dove né perché.

Inutilmente aveva chiamato a palazzo i vecchi saggi per avere una spiegazione circa gli strani avvenimenti.
Solo il ciambellano, pieno di astio e d'invidia, continuava a ripetere:
"Lo dicevo che la fortuna di Aladino non poteva durare!".
Quando tutti avevano perso ormai ogni speranza di rivedere Halima e il suo sposo, laggiù lontano lontano Aladino strofinò nuovamente la lampada e ordinò: "Riporta me e la mia sposa, con tutto il palazzo, nel nostro paese più presto che puoi!".
"Sarai esaudito in un attimo, mio signore!"
E allo schioccare delle sue dita, il palazzo si alzò nel cielo come una meteora e poco dopo era sopra la capitale del regno, volando veloce sopra le teste della gente sbalordita. Si posò dolcemente dove era prima e Aladino e Halima corsero ad abbracciare il Sultano.
Ancora oggi in quel lontano paese si possono ammirare i resti di un antico palazzo, che tutti chiamano: il "Palazzo venuto dal cielo".

La bella addormentata nel bosco

C'erano una volta un re e una regina che vivevano in un castello vicino a un grande bosco. Si amavano molto, ma erano tristi perché in tanti anni di matrimonio non avevano avuto figli. Finalmente, un giorno, nacque loro una bella bambina.
Il due sovrani ne furono così felici che decisero di organizzare una grande festa per il battesimo della piccola principessa.
"Voglio invitare tutte le buone fate del bosco perché siano le madrine della mia bambina!" disse il re.
Inviò perciò dei messaggeri che, dopo aver a lungo cercato, trovarono sette fate e le invitarono al battesimo.
Il giorno della cerimonia tutti i sudditi sfilarono nel palazzo reale per ammirare la bella bambina. Ognuno di loro portò un dono: i sudditi più ricchi gioielli e profumi, i più poveri tanti piccoli oggetti fatti con le loro mani.

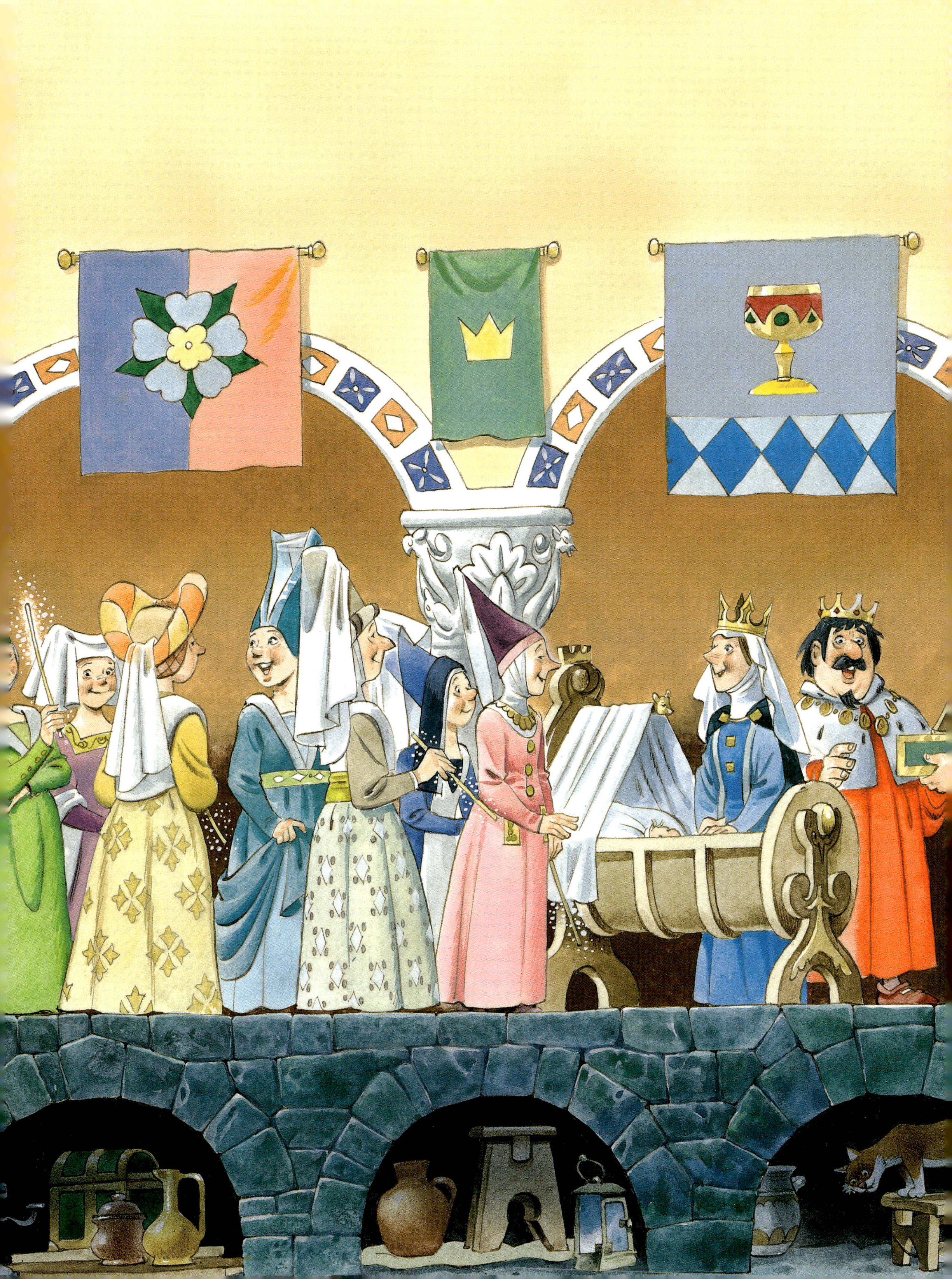

Arrivarono anche le sette fate buone del bosco, che trovarono molto graziosa la loro figlioccia. "Abbiamo portato anche noi dei doni per la piccola!" dissero. "Li consegneremo al termine dei festeggiamenti".
Dopo la cerimonia, tutti gli invitati si recarono nel salone delle feste per partecipare al grande banchetto. La tavola delle fate era stata apparecchiata in modo magnifico, con sette piatti d'oro e posate ornate da diamanti e rubini. Le sette fate stavano per prendere posto a tavola quando, improvvisamente, entrò nel salone un'ottava fata, vestita di nero, con la faccia cattiva. Chi era mai? Era una vecchia fata solitaria e maligna, che nessuno aveva più visto da tanti anni.
"Dov'è il mio posto a tavola?" chiese con voce irritata. "Perché non sono stata invitata alla festa? Eppure, ho anch'io un dono da dare alla principessina!"
"Dovete scusarci, signora fata" disse la regina gentilmente. "Non volevamo essere sgarbati. Vi farò subito preparare un posto a tavola. Sedete e cenate con noi!"

Le fu apparecchiato un posto a tavola, ma il re non aveva altri piatti d'oro e altre posate preziose: erano stati fatti fabbricare apposta per le sette fate.
La fata maligna ne fu molto scontenta.
"Ve ne pentirete!" minacciò.
La più giovane delle fate buone, sentite queste parole, si nascose dietro una tenda.

"Aspetterò qui senza farmi vedere!" disse tra sé e sé. "Sarà meglio che il mio regalo arrivi per ultimo!"

Al termine della festa, ogni fata si fece avanti per portare il suo dono alla principessina.

"Sarà la più bella fanciulla del mondo!" disse la prima fata, toccando la culla con la sua bacchetta.

"Sarà buona come un angelo!" disse la seconda.

"Io le dono la grazia nel parlare e nel muoversi" aggiunse la terza.

"Danzerà leggera come un elfo!" fu il regalo della quarta.

"Canterà come un usignolo!" promise la quinta.

"Saprà suonare con maestria tutti gli strumenti musicali!" disse la sesta fata.

A quel punto si fece avanti la fata che non era stata invitata. "Ascoltatemi tutti!" gridò agitando la sua bacchetta. "Questo è il mio dono: un giorno, la principessa si pungerà con un fuso e morirà!"

Tutti i presenti tremarono nell'ascoltare queste terribili parole.
Per fortuna mancava ancora il dono della settima fata, quella che si era nascosta dietro alla tenda.
"Purtroppo la mia magia non è abbastanza potente e non posso annullare questa maledizione!" disse al re e alla regina che si disperavano.
"La principessa si pungerà con un fuso per filare la lana. Ma vi prometto che non morirà.
Si addormenterà e dormirà cent'anni, finché arriverà un principe a risvegliarla".
Il re, per cercare di evitare che si avverasse la maledizione della fata cattiva, ordinò che tutti i fusi del regno venissero bruciati.
I paggi reali percorsero le strade del regno in lungo e in largo leggendo a gran voce il proclama che aveva dettato il re in persona:

*"Chiunque possegga un fuso,
deve consegnarlo immediatamente
al castello del re, pena la prigione!"*

Da ogni casa dei villaggi le donne accorsero per consegnare i loro fusi, che venivano ammassati nei carri. Ben presto non vi fu più famiglia che ne possedesse uno.
Ora dovete sapere che proprio nel castello del re, in cima a una delle torri più alte, viveva, in una piccola stanza isolata, una vecchietta sorda, che passava la sua giornata filando e tessendo.
Non usciva mai e raramente si affacciava alla finestra, tanto che gli abitanti del castello si erano persino dimenticati della sua esistenza.
Nessuno pensò perciò di avvisarla e la vecchina continuò a filare con il suo fuso, ignara dell'ordine del re.
Passarono gli anni, e la principessa cresceva bella e buona. Tutti ammiravano la grazia con cui cantava, ballava e suonava.
I suoi genitori erano molto fieri di lei e dimenticarono presto la maledizione che la minacciava.

Un pomeriggio di pioggia
la fanciulla, non sapendo come
passare il tempo, decise di andare in esplorazione del castello.
"Mi hanno detto che il palazzo contiene più di mille stanze: chissà quante
belle cose nasconderanno!" pensava arrampicandosi per gli antichi scaloni.
Salì un piano dopo l'altro, attraversando stanze e saloni e percorrendo lunghi
corridoi. A un tratto, giunta in cima a una torre, vide filtrare un lume
da una stanzetta. Bussò, entrò e vide una vecchissima donna che stava facendo
un lavoro per lei misterioso.
"Che cosa stai facendo, buona vecchina?" chiese gentilmente.
"Sto filando la lana, non vedi?" rispose stupita la vecchia.
Ma la principessa, naturalmente, non aveva mai visto un fuso.
"Fammi provare!" chiese. La vecchina non ci vide niente di male e le diede
in mano il fuso. Ma appena l'ebbe toccato, la fanciulla si punse un dito
e cadde a terra addormentata.

I suoi genitori, quando la trovarono, si ricordarono della maledizione
e piansero a lungo. Poi la fecero adagiare su un grande letto a baldacchino,
perché potesse dormire in pace.
Gli uccellini del bosco videro la bella addormentata e corsero ad avvertire
la fata che con il suo regalo le aveva salvato la vita.
"Fatina dei boschi, presto, corri al castello!" cinguettarono in coro.
La fata si fece accompagnare dagli uccellini fino alla stanza della principessa.
Qui trovò la fanciulla addormentata, così bella che sembrava un angelo,
circondata dai genitori e da tutti i servitori in lacrime.
"Non piangete!" disse la fata. "Vedete come dorme bene?"

Poi alzò la bacchetta magica
e disse queste parole:

> *Alberi e cespugli,*
> *avvolgete la fanciulla.*
> *Che per lei e i suoi cari*
> *il castello sia una culla.*

Quindi toccò con la
bacchetta il re, la regina,
i servitori e le guardie,
e tutti caddero
in un sonno
profondo.

I rami degli alberi del bosco crebbero a dismisura, avvolgendo le torri e formando una muraglia impenetrabile.
Ben presto nessuno si ricordò più dell'antico castello sepolto dalla boscaglia.
Passarono cent'anni.
Un giorno un principe passò da quelle parti, durante una battuta di caccia.
Avanzando nel bosco, gli sembrò di intravedere il tetto di una torre al di là della fitta vegetazione.
"Ci dev'essere un castello!" pensò. "Voglio raggiungerlo e scoprire chi ci abita. Nessuno me ne ha mai parlato!"
Poiché era forte e coraggioso, riuscì a crearsi un varco tra i rami e i cespugli, finché improvvisamente gli apparve davanti il castello incantato.
"Che silenzio!" disse tra sé rabbrividendo.
Il portone era aperto: non c'erano guardie a custodirlo.
Il principe entrò e giunse nella stanza della principessa.

"Come sei bella!" esclamò.
"Svegliati, ti prego!" continuò
e le diede un bacio pieno
d'amore e di dolcezza.
"Siete voi, principe?" domandò
la fanciulla aprendo gli occhi.
"Vi ho aspettato tanto!"
Il principe le sorrise e la baciò
di nuovo.

A quel punto, come per magia, i rami delle piante e dei cespugli si ritirarono scoprendo intatte le splendide sale: l'incantesimo si sciolse e pian piano tutto il castello tornò a vivere.
Le guardie, i servitori, le dame e tutti coloro che abitavano a corte aprirono gli occhi sbadigliando, come dopo un normale sonno ristoratore.
Il re e la regina, piangendo di gioia nel vedere la loro figliola viva, non sapevano come ringraziare il principe che l'aveva risvegliata.
"Per me non ci sarebbe migliore ricompensa che chiedere la sua mano, ovviamente se anche lei mi amerà!" propose il principe.
"Ma io ti amo già e con tutto il cuore! Nel mio lungo sonno ti ho sognato molte volte e non ho fatto altro che aspettarti!" disse la fanciulla.

Il re e la regina furono molto felici di concedere la mano della loro amata figlia a un giovane d'animo così nobile e gentile.
Così decisero che le nozze venissero celebrate in breve tempo e, poiché tutti avevano una gran fame dopo tanti anni di sonno, il re fece allestire un grande banchetto.
Anche le sette buone fate vennero invitate e portarono i loro doni agli sposi: "Cent'anni di felicità e tanti splendidi bambini!".
Che cos'altro si poteva augurare a quella bella coppia di innamorati?
La fata cattiva, naturalmente, non fu invitata neanche questa volta.
Nessuno però si preoccupò dei suoi malefici: era ormai decrepita e, per fortuna, aveva perduto tutti i suoi poteri!

Il principe rospo

C'era una volta un re le cui figlie erano tutte belle, ma la più giovane era così bella che perfino il sole si meravigliava, quando le brillava sul viso. Vicino al castello c'era un laghetto: nelle ore più calde del giorno la principessa sedeva vicino all'acqua azzurra. Quando si annoiava, prendeva una palla d'oro, la buttava in alto e la ripigliava: era il suo gioco preferito.
Ma un giorno la palla d'oro rotolò nell'acqua e sparì giù, in fondo al laghetto.
La fanciulla allora si mise a piangere disperata.
Mentre piangeva, qualcuno le gridò: "Che cosa hai, principessa? Tu piangi da far pietà ai sassi!".
Lei si guardò intorno e l'unica creatura che vide fu un grosso rospo che si sporgeva dall'acqua e la fissava con i suoi occhi gialli e tondi.
"Su, principessa, ora calmati e smettila di piangere" disse il rospo con tono gentile e rassicurante. "Dimmi un po': che cosa mi darai, se ti ripesco quella bella palla d'oro?"

"Ti darò tutto quello che vuoi, caro rospo!" rispose la fanciulla. "I miei vestiti, i miei gioielli, anche la mia corona d'oro!"
Il rospo replicò: "I vestiti, i gioielli e la corona non li voglio: ma se mi prometti che mi vorrai bene, mi farai sedere al tuo stesso tavolo, mangiare dal tuo prezioso piattino, bere dal tuo delicato bicchierino e dormire nel tuo morbido lettino, mi tufferò subito nel laghetto e ti riporterò la palla d'oro!".
"Ti prometto tutto quel che vuoi" rispose la principessa senza nemmeno pensarci "purché mi riporti la palla!"
Ottenuta la promessa, il rospo si tuffò: quando tornò in superficie, aveva in bocca la palla d'oro. La principessa, felice di rivedere il suo bel giocattolo, lo prese e corse via.
"Aspettami!" gridò il rospo. "Prendimi con te, io non posso correre come fai tu!"

Ma la principessa non l'ascoltò e neppure
rallentò: corse a casa e ben presto
dimenticò la povera bestia, che dovette
rituffarsi nella sua fonte.
Il giorno dopo, mentre la principessa
era a tavola con il re e tutta la corte
e mangiava dal suo bel piattino d'oro,
si sentì bussare alla porta.
Una voce gridò: "Principessina, aprimi!
Principessina, sono io! Aprimi!".
Ella corse a vedere chi c'era fuori,
ma quando aprì si vide davanti il rospo.
Allora sbatté precipitosamente la porta,
e tornò a sedere a tavola, piena di paura.
Il re si accorse che le batteva forte
il cuore e disse: "Di che cosa hai paura,
bimba mia? Davanti alla porta c'è forse un gigante che vuole rapirti?".

"Non è un gigante," rispose la principessa "ma un brutto rospo".
"Che cosa vuole da te?"
"Ah, babbo mio, ieri, mentre giocavo vicino al laghetto, la mia palla d'oro cadde nell'acqua. Siccome piangevo tanto, il rospo me l'ha ripescata; e io gli promisi che sarei stata gentile con lui, ma non credevo che potesse davvero uscire dall'acqua. Adesso è là fuori e vuole venire da me!"
Allora il re disse: "Bambina mia, sai bene che bisogna sempre mantenere le promesse fatte; va', dunque, e apri!".
La principessa, sempre un po' timorosa, andò e aprì la porta.
Il rospo entrò e saltellò fino alla sua sedia.
Ma volle salire sul tavolo e quando fu sopra disse: "Adesso avvicinami il tuo piattino d'oro, così mangeremo insieme".
Il rospo mangiò con appetito dal suo prezioso piattino e bevve dal suo delicato bicchierino.
"Grazie, il pasto era delizioso. Ma adesso sono stanco e voglio andare a dormire. Principessa, preparami il tuo morbido lettino!" ordinò il rospo alla fine del pasto.

La principessa si mise a piangere: provava disgusto per il brutto rospo, che ora voleva dormire nel suo bel lettino pulito.
Ma il re la sgridò dicendole: "Non devi disprezzare chi ti ha aiutato nel momento del bisogno!".
Allora la fanciulla prese la bestia con due dita, la portò di sopra e la posò sul suo lettino.
Poi mise dei cuscini sulla dura cassapanca ai piedi del letto e cercò di dormire, nonostante la scomodità e il freddo.
"Buonanotte!" le disse il rospo, guardandola soddisfatto da sotto le morbide e profumate coperte.
La povera principessina passò davvero una notte terribile.

Ma ai primi raggi di sole, quando si svegliò, ebbe una splendida sorpresa: nel suo lettino non c'era più l'orribile bestiaccia verde che l'aveva disgustata, ma un bellissimo principe dagli occhi azzurri e dai capelli biondi, di cui si innamorò all'istante!
"Grazie, mia dolce principessina!" esclamò il giovane. "Ero stato stregato da una maga cattiva: solo una fanciulla che mi avesse accolto e trattato come un amico avrebbe potuto liberarmi" spiegò poi. "Ora, se lo vorrai, verrai nel mio regno e diventerai la mia sposa!"
La principessa accettò la proposta felice e ringraziò in cuor suo il buon padre che le aveva insegnato l'importanza di essere sempre gentile e riconoscente e di mantenere la parola data!

Pinocchio

C'era una volta un pezzo di legno, capitato tra le mani di un falegname di nome Mastro Ciliegia.
Mentre stava per tagliarlo, il pezzo di legno cominciò a lamentarsi.
Impaurito, Mastro Ciliegia decise di liberarsene, regalandolo a un suo amico, Geppetto, che da tempo voleva costruirsi un burattino.
Ma appena il bravo artigiano cominciò a intagliarlo, il pezzo di legno si mise a parlare, a ridere e a fare sberleffi. Quando intagliò le braccia e le gambe, il burattino balzò in piedi facendogli saltare gli occhiali dal naso.
"Ti chiamerò Pinocchio" disse allora Geppetto. "Domani ti manderò a scuola, così diventerai un bravo burattino!"
Ma Pinocchio non voleva saperne della scuola e scappò via più veloce che poté.
Corse attraverso le strade del paese, inseguito dal povero Geppetto.

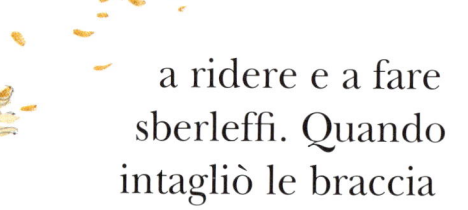

Il burattino correva più veloce di lui e, benché il povero vecchietto continuasse a urlare "Fermatelo! Fermatelo!" la gente rideva e lo lasciava passare.
Un carabiniere alla fine lo acciuffò, ma Pinocchio fece delle scene così pietose che il gendarme decise di arrestare Geppetto.
"Povero burattino!" diceva infatti la gente. "Chissà come lo maltratta suo padre!"
Pinocchio, tornato a casa, si sentiva solo e affamato.
Fu perciò contento quando Geppetto uscì di prigione e gli promise di comportarsi bene e di andare a scuola.
Il brav'uomo lo perdonò e, appena a casa, gli fece un vestituccio di carta fiorita, un paio di scarpe di scorza d'albero e un berrettino di mollica di pane.
Purtroppo però non sapeva come avrebbe fatto a mandare Pinocchio a scuola perché non aveva i soldi per comprare il sillabario!
Ma poi gli venne un'idea…
Si infilò l'unica giacca che aveva e uscì di casa correndo. Poco dopo tornò con in mano un sillabario, ma senza la giacca.
Pinocchio capì che Geppetto aveva venduto la sua unica giacca per lui e baciò con affetto quel padre così buono.

Pinocchio, con il sillabario sotto il braccio, si avviò per andare a scuola pieno di buoni propositi, ma presto venne distratto dal suono improvviso di una banda e Pinocchio, dimenticando la scuola, si trovò in una piazza piena di gente che si affollava intorno a un baraccone dai colori vivaci. "Che cos'è?" chiese a un ragazzetto. "Non sai leggere?" disse questo. "È il Gran Teatro delle Marionette. Ci vogliono quattro soldi per andare allo spettacolo!"
Pinocchio, incuriosito, vendette il sillabario e comprò un biglietto di ingresso. Le marionette lo accolsero come un fratello.
"Che cos'è questa confusione?" tuonò il vocione di Mangiafoco, il gigantesco burattinaio dalla barba nera. Pinocchio gli raccontò la sua storia: gli parlò del buon Geppetto e della vendita del sillabario. Mangiafoco lo sgridò, ma poi, impietosito, gli regalò cinque monete d'oro da portare a suo padre. "E ora fa' il bravo!" gli disse infine l'uomo.

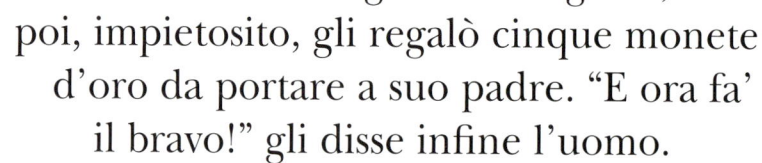

Pinocchio stava tornando a casa di corsa, quando incontrò un Gatto mezzo cieco e una Volpe zoppa, due vecchi imbroglioni.
I due, nel vedere le monete d'oro, architettarono subito un piano e gli dissero: "Vieni con noi, ti porteremo al Campo dei Miracoli, dove potrai seminare le tue monete e raccoglierne mille volte tante!".
Pinocchio pensò che così avrebbe fatto ancora più felice il suo povero padre e, entusiasta dell'idea, li seguì fiducioso.
Quando venne la notte, i due imbroglioni si nascosero nel bosco e si cammuffarono da briganti incappucciati.
"O la borsa o la vita!" gridarono a un tratto saltando fuori da dietro un cespuglio.
Ma Pinocchio, che aveva nascosto le monete sotto la lingua, non rispose. Inutili furono i tentativi dei due di sapere dove fossero i soldi.
Pinocchio non parlava, nonostante i due minacciassero di impiccarlo. I banditi misero intorno al collo del povero burattino una corda che si stringeva sempre più...
"Babbo mio, aiutami!" fu l'ultimo pensiero di Pinocchio.
Il Gatto e la Volpe, sempre nascosti dai cappucci, si allontanarono minacciando: "Resterai appeso, finché non ti deciderai a parlare. Torneremo fra poco a vedere se hai cambiato idea!".
Tutto sembrava mettersi per il peggio, ma una fatina sentì le invocazioni...

E così quella fata, la Fata Turchina, lo salvò e, quando l'ebbe davanti a sé, gli chiese di raccontarle la sua storia.
"Dove sono finite le tue monete?" chiese al termine la Fata.
Pinocchio, che le aveva nascoste in tasca, disse di averle perse.
"E dove le hai perse?"
"Nel bosco!" rispose pronto Pinocchio.
All'improvviso il suo naso cominciò ad allungarsi e, più raccontava frottole, più il naso cresceva, finché diventò così lungo da picchiare contro le pareti della stanza!
"Sono le bugie che dici a farti crescere il naso!" gli spiegò ridendo la Fata.
Pinocchio, rosso di vergogna, non sapeva più dove mettere quel naso ingombrante e si mise a piangere.
La Fatina, allora, impietosita ancora una volta, batté le mani e un nugolo di picchi arrivò subito a beccare il naso, che così tornò normale.

La Fatina gli raccomandò: "Non dire più bugie, altrimenti il tuo naso si allungherà di nuovo! Adesso va' da tuo padre e portagli le monete!".
Pinocchio, riconoscente, l'abbracciò e partì di corsa per tornare a casa.

Ma vicino alla grossa quercia nel bosco, ritrovò il Gatto e la Volpe e, disubbidendo alle promesse fatte, ingenuamente si lasciò di nuovo convincere a seppellire le monete nel Campo dei Miracoli.
Il giorno dopo ritornò fiducioso ma, ahimé, le monete erano scomparse!
"Mi sono fatto imbrogliare: sono stato uno sciocco! D'ora in poi voglio fare il bravo e andare a scuola" si ripromise Pinocchio.
Sconsolato ritornò a casa senza le monete che Mangiafuoco gli aveva dato per Geppetto.
Ma il babbo, dopo averlo sgridato per la lunga assenza, lo perdonò e la scuola accolse il burattino che sembrava aver messo finalmente giudizio.
Ma di nuovo comparve qualcuno a portarlo sulla cattiva strada: era Lucignolo, il più svogliato e disubbediente della classe.
"Perché non vieni con me nel Paese dei Balocchi, dove non si studia mai e si gioca tutto il giorno?" gli chiese un giorno Lucignolo.
"No, che non vengo" rispose Pinocchio.
"Ho promesso alla Fata Turchina e al mio babbo Geppetto di comportarmi bene!"
"Be', se cambi idea, stasera passa il carro che mi porterà là!" concluse Lucignolo.
E alla fine il burattino non riuscì a resistere alla tentazione di visitare un paese così meraviglioso e la sera partì con l'amico.

La carrozza era trainata da dodici coppie di ciuchini tutti della stessa grandezza, che invece di essere ferrati come le altre bestie da tiro, avevano alle zampe stivaletti da uomo di pelle bianca. Tutti salirono sulla carrozza e Pinocchio, più felice degli altri, montò su un ciuchino. Il Paese dei Balocchi li aspettava!
Proprio come Lucignolo aveva promesso, lì i ragazzi si divertivano sempre, non studiavano mai e a Pinocchio tutto sembrava bellissimo!
Dopo qualche mese di baldoria, un brutto mattino si accorsero che le loro orecchie erano diventate lunghe e pelose: si erano trasformati in somarelli!
Lucignolo fu venduto a un contadino come bestia da fatica, mentre Pinocchio finì in un circo, dove si azzoppò cercando di saltare in un cerchio di fuoco.
Fu allora portato al mercato, dove lo comprò un uomo che voleva la sua pelle per farne un tamburo. Quando il suo padrone lo gettò in mare per annegarlo, i pesci del mare, mandati dalla Fata Turchina, lo liberarono dalla carne dell'asino. Pinocchio, felice di essere di nuovo un burattino, cominciò a nuotare, allontanandosi dalla spiaggia.

Ma le sue disavventure non erano finite: un enorme, mostruoso pescecane emerse dal mare dietro alle sue spalle.

Pinocchio, atterrito, si accorse della smisurata bocca che lo inseguiva e cercò di fuggire, nuotando il più velocemente possibile, ma il mostro si avvicinava sempre di più.

Cercò anche di cambiare direzione ma invano, raccolse allora tutte le sue forze per una fuga quasi impossibile: sentiva dietro di sé il risucchio dell'acqua che entrava nell'immensa apertura.

D'un tratto si trovò inghiottito con violenza insieme a tanti altri pesci che avevano avuto la sventura di trovarsi davanti al terribile pescecane.

Pinocchio fu sballottato con violenza dal vortice d'acqua nella gola del mostro, fino a rimanere stordito.

Quando rinvenne, si trovò nel buio più profondo, mentre sentiva sopra di sé a intervalli lo spaventoso ansimare delle branchie del pesce.

Cominciò a inoltrarsi carponi per quella che gli sembrava una strada in discesa, urlando: "Aiuto! Aiuto! Nessuno viene a salvarmi?".

D'un tratto intravide un fioco chiarore. Via via che si avvicinava, si accorse di una fiammella che brillava lontana.

Finché, cammina cammina, trovò... trovò il povero Geppetto, seduto tutto solo a un tavolino, al lume di una candela!
"Babbo mio! Com'è possibile?" chiese Pinocchio che non credeva ai propri occhi.
"Pinocchio! Figlio mio! Sei proprio tu!"
I due si abbracciarono, piangendo dalla commozione e dalla gioia. Infine, fra mille singhiozzi, cominciarono a narrarsi le proprie disavventure.
Geppetto gli raccontò di aver percorso il mondo in lungo e in largo per ritrovarlo e di essere stato anche lui inghiottito dal mostro.
"Ma ora ci siamo ritrovati... e siamo ancora vivi! Non ti preoccupare, babbo, fuggiremo insieme! Vieni con me!" concluse il burattino.

Il burattino, preso per mano Geppetto, e facendosi luce con la candela, cominciò a risalire lungo il corpo del mostro. Arrivarono nella gola spaziosa del pescecane e qui si fermarono impauriti, ma per loro fortuna di notte questi dormiva a bocca aperta perché era malato d'asma.

"Ecco, è il momento di scappare!" bisbigliò Pinocchio
e poco dopo il burattino nuotava veloce,
reggendo sulle spalle Geppetto.
Per fortuna, il giorno prima il pescecane
si era avvicinato alla spiaggia, così,
poco dopo raggiunsero la riva.
Tornarono finalmente a casa
e da quel giorno il burattino
fu sempre buono.
Di giorno andava a scuola e imparava
a leggere e a scrivere, mentre di notte
lavorava fino a tardi per aiutare
il padre a fabbricare canestri
e panieri di giunco
e guadagnarsi da vivere.

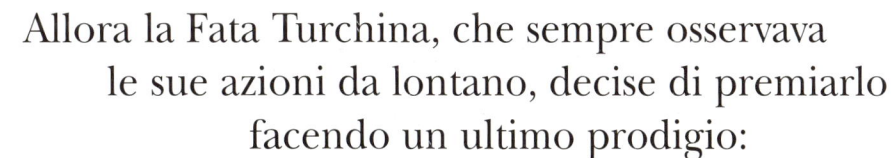

Allora la Fata Turchina, che sempre osservava
le sue azioni da lontano, decise di premiarlo
facendo un ultimo prodigio:
una mattina Pinocchio si svegliò
e si accorse di essere diventato
un bambino vero.
"E il vecchio Pinocchio
di legno dov'è?" chiese
a Geppetto.
"Eccolo là!" rispose il babbo,
abbracciandolo forte. "Quando
i ragazzi da cattivi diventano
buoni, cambiano vita e anche
aspetto!"

Il gatto con gli stivali

C'era una volta un mugnaio che quando morì lasciò ai suoi tre figli un mulino, un asino e un gatto.
Il figlio maggiore fu il più soddisfatto perché gli toccò il mulino; il secondo ebbe l'asino e decise di partire in cerca di fortuna; al terzo, il più giovane, toccò invece il gatto.

Il giovane, dopo la spartizione, si sedette avvilito su una pietra e sospirando pensò: "Un gatto… cosa me ne faccio?".
Ma, con suo grande stupore, si sentì rispondere: "Padrone, non affliggetevi. Credete che valga meno di un mulino cadente o di un asino spelacchiato? Datemi un sacco, un paio di stivali e un cappello piumato e vedrete che farò grandi cose per voi!".
Il gatto parlò ancora a lungo e convinse il giovane a dargli quanto chiedeva.
Finché, indossati stivali e cappello, si avviò allegro verso il bosco.
"Ci vedremo presto!" disse al suo padrone.
Nascosto dietro un albero, attese con pazienza finché gli capitò a tiro un coniglio selvatico. Con un balzo gli saltò addosso, lo infilò nel sacco e si incamminò verso la reggia.

Alle guardie che lo fermavano disse di dover consegnare un regalo.
A quel punto fu fatto passare e si presentò al cospetto del sovrano.
"Il marchese di Carabas vi invia un magnifico coniglio selvatico appena cacciato!" disse con un profondo inchino.

Poi aggiunse: "A domani, maestà!".
E se ne andò.
Nei giorni che seguirono continuò a portare a corte, sempre a nome del marchese, lepri, pernici e altra cacciagione.
La regina, che non aveva mai sentito nominare il marchese, disse al re: "Quanto è gentile questo marchese di Carabas!".
Tutti alla reggia cominciarono a dire: "Deve essere un bravissimo cacciatore!".
"E molto devoto al re!" aggiungevano altri.
Sempre più incuriosita, la regina un giorno chiese al gatto: "Il tuo padrone è giovane?".
"Giovane, maestà, e anche bello!" rispose pronto il gatto.
"E… è anche ricco?" continuò la regina.
"Certo che è ricco! Anzi, ricchissimo! E sarebbe felice di ricevere le loro Altezze nel suo castello!"
Il re e la regina, curiosi di conoscere finalmente il misterioso marchese così premuroso con loro, accettarono volentieri. Soprattutto la regina voleva saperne di più: se davvero il giovane era bello, ricco e gentile come sembrava, forse sarebbe stato il marito ideale per sua figlia.
Quel giorno il gatto arrivò trafelato dal suo padrone: "Il re e la regina vogliono conoscervi e verranno a trovarvi!".
"A trovare un poveraccio come me?! Mi faranno bastonare!"
Ma il gatto rispose subito: "Non preoccupatevi! Ho in mente un piano che sistemerà tutto!".

Qualche giorno dopo, il gatto venne a sapere che il re e la regina avrebbero fatto una gita in carrozza per mostrare alla figlia le campagne circostanti.
Subito tornò dal suo padrone e gli disse: "Padrone, preparatevi!".
"Prepararmi a cosa?" rispose il giovane.
"A fare un bagno nel fiume" continuò il gatto.
"Ma io non so nuotare!" disse ancora il giovane.
"Tanto meglio! Seguitemi!" fu la risposta del gatto.
Il giovanotto, sempre più confuso, non riusciva a capire quale fosse il piano del gatto; ma ormai aveva fiducia in lui e non fece altre domande.
Arrivarono in riva al fiume e, quando videro avvicinarsi la carrozza del re scortata dai cavalieri, il gatto esclamò: "Coraggio, padrone, spogliatevi e buttatevi in acqua!".
Poi, nascosti i miseri abiti del giovane dietro un cespuglio, cominciò a urlare: "Aiuto! Il marchese di Carabas sta annegando!".
Le grida furono sentite dai cavalieri della scorta e il re ordinò loro di soccorrere il povero giovane che stava annegando davvero.
Quando fu tratto a riva, il re, la regina e la principessa gli si fecero attorno.
"Portate subito un abito nuovo per il marchese di Carabas!" ordinò il re.
La regina intanto diceva alla principessa: "Meno male che si è salvato! Un così bel giovane! Non ti sembra? E poi così nobile d'animo!".
La principessa annuì: "È vero, mamma, è proprio bello!".
Il ciambellano, che aveva capito la situazione, esclamò: "È giovane e bello, ma bisogna vedere se è ricco!".

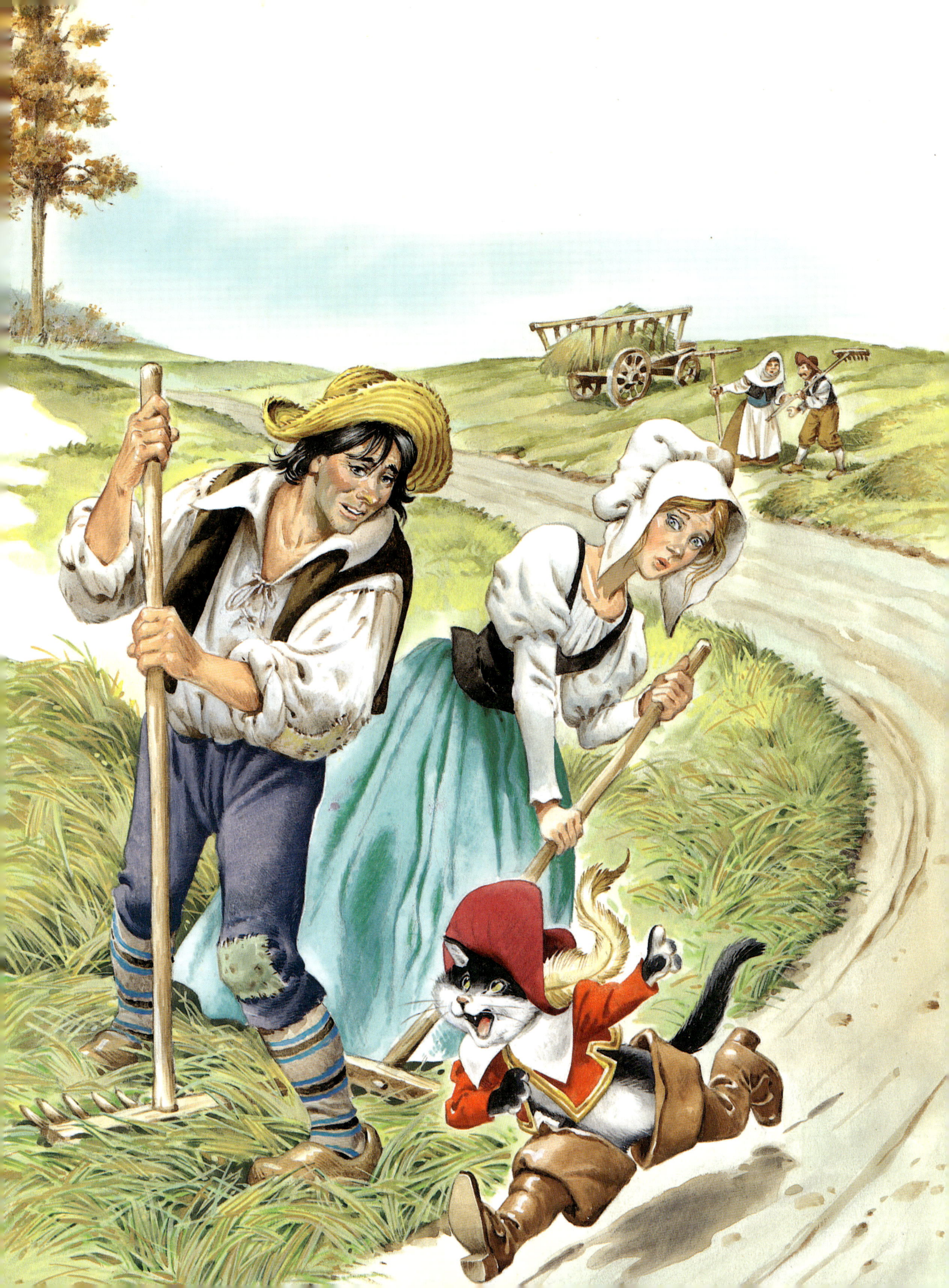

Il gatto, che era lì vicino, nel sentire queste parole rispose subito: "Ricchissimo! Tutte le terre che vedete qui intorno sono sue e suo è anche quel castello laggiù! Corro avanti a prepararvi una degna accoglienza!".
Si mise così a correre, gridando ai contadini che lavoravano nei campi:
"Se vi chiedono chi è il vostro padrone, rispondete: 'È il marchese di Carabas!', altrimenti sarete bastonati!".
Così, quando poco dopo passò la carrozza, al re che chiedeva di chi fossero quelle terre, i contadini risposero che il loro signore era il marchese di Carabas.
Nel frattempo il gatto era arrivato di corsa a un castello, dimora di un tremendo, gigantesco e crudele orco.
Nel bussare al portone, il gatto pensò: "Devo stare attento o non uscirò vivo da qui!".
Quando la porta fu aperta, togliendosi il cappello piumato esclamò: "Messer Orco, i miei omaggi!".
"Che vuoi, gatto?" chiese sgarbato e minaccioso l'orco.
"Mi hanno detto che avete grandi poteri. Che potete addirittura trasformarvi in leone o in elefante!"
"È vero" rispose il terribile orco, gonfiandosi d'orgoglio. "E allora cosa vuoi?"
"Discutendo con certi amici, ho scommesso che però voi non potete trasformarvi in una bestia molto piccola, per esempio un topolino" riprese il gatto.
"Ah! E sei qui per sapere se hai ragione?" chiese l'orco.
Il gatto, tremando di paura, fece segno di sì e aggiunse: "Di solito chi sa fare le cose grosse non sa fare quelle piccole!".
"Adesso ti farò vedere io!" replicò l'orco arrabbiato e, in un attimo, si trasformò in un topolino.
Il gatto allora gli balzò addosso e se lo mangiò in un solo boccone.
Corse poi all'ingresso del castello, appena in tempo, perché proprio in quel momento stava arrivando la carrozza del re.

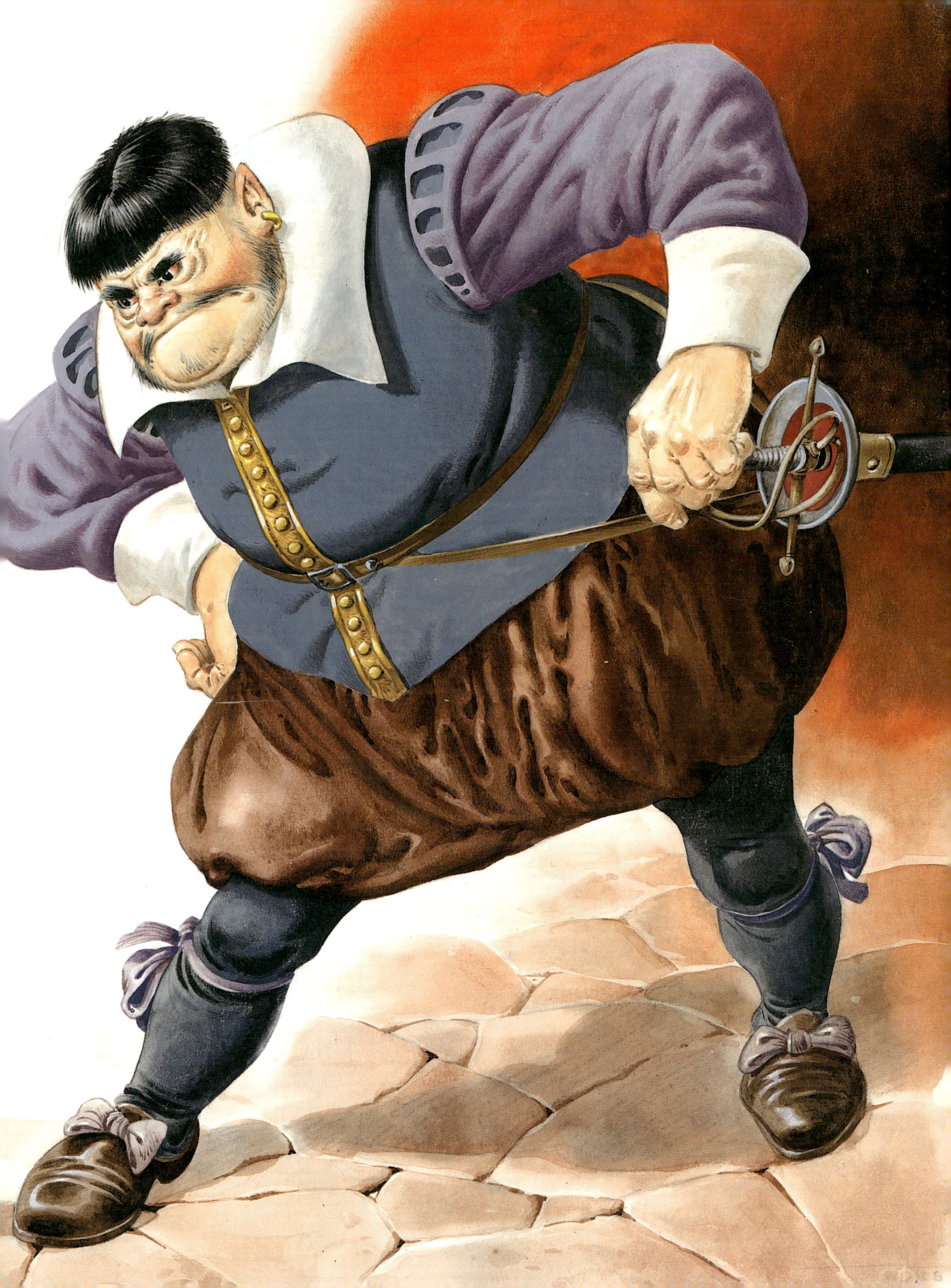

"Benvenuti nel castello del marchese di Carabas!" disse spalancando il grande portone.
La regina entrò tenendo sottobraccio il giovane mugnaio e gli chiese:
"Caro marchese, voi non siete sposato, vero?".
Il giovane rispose: "No, maestà, ma sarei molto felice di avere una moglie!".
E così dicendo fissò a lungo la bella principessa, che gli sorrise a sua volta.
Il piano ideato dal gatto si stava realizzando…
Infatti i due giovani ebbero l'opportunità di conoscersi meglio e di lì a poco si innamorarono profondamente l'uno dell'altra.